LES
AVENTURIERS

DRAME

EN CINQ ACTES ET NEUF TABLEAUX

PAR

VICTOR SÉJOUR

PARIS

MICHEL LÉVY FRÈRES, LIBRAIRES-ÉDITEURS

RUE VIVIENNE, 2 BIS

1860

LES

AVENTURIERS

DRAME

Représenté, pour la première fois, à Paris, sur le Théâtre de la Gaîté,
le 12 avril 1860

———

DIRECTION DE M. HARMANT

OUVRAGES DU MÊME AUTEUR

DIÉGARIAS, drame en cinq actes, en vers,

LA CHUTE DE SÉJAN, drame en cinq actes, en vers,

} représentés au Théâtre Français.

ANDRÉ GÉRARD, drame en cinq actes, en prose,

LES GRANDS VASSAUX, drame en trois époques, en prose,

} représentés au Théâtre de l'Odéon.

RICHARD III, drame en cinq actes, en prose,

LES NOCES VÉNITIENNES, drame en cinq actes, en prose,

LE FILS DE LA NUIT, drame en prose, en trois journées et un prologue en deux tableaux,

LE PALETOT BRUN, comédie en un acte, en prose,

} représentés au Théâtre de la Porte-Saint-Martin.

L'ARGENT DU DIABLE, comédie en trois actes, représentée au Théâtre des Variétés.

LE MARTYRE DU COEUR, drame en cinq actes, en prose, représenté au Théâtre de l'Ambigu-Comique.

LA TIREUSE DE CARTES, drame en cinq actes et un prologue, en prose, représenté au Théâtre de la Porte-Saint-Martin.

COMPÈRE GUILLERY, drame en cinq actes et neuf tableaux, en prose, représenté au Théâtre de l'Ambigu-Comique.

Paris. — Imp. de Édouard BLOT, rue Saint-Louis, 46

LES
AVENTURIERS

DRAME EN CINQ ACTES

ET UN PROLOGUE

PAR

VICTOR SÉJOUR

PARIS

MICHEL LÉVY FRÈRES, LIBRAIRES-ÉDITEURS

RUE VIVIENNE, 2 BIS

—

1860

PERSONNAGES

—

CÉSAR FARNÈSE.	MM. DUMAINE.
AMAURY OTTAVIO FARNÈSE	LAGRANGE.
GASTON DE TORELLI.	SURVILLE.
STRUBINO.	LATOUCHE.
TARTAGLIA.	ALEXANDRE.
POGGIO.	LEMAIRE.
BRESSARION.	LEQUIEN.
DONATO SANVITALLI.	MANUEL.
L'HOMME D'ARMES.	JULIAN.
RAYMOND, domestique du Comte.	JANIN.
PREMIER ROUTIER.	THIERRY.
DEUXIÈME ROUTIER.	HYACINTHE.
TROISIÈME ROUTIER.	MALLET.
JEANNE DE TORELLI.	Mmes DUVERGER.
BRESSANE.	AGUILLON.
GERTRUDE.	GARRIQUE.
MARIE.	MATHILDE.
ÉLÉONORE.	HENRIETTE.
MARGUERITE.	FACHARD.
UNE DAME.	RICHER.
UN PAGE.	ADOLPHINE.

Gardes, Seigneurs, Routiers.

La scène se passe en Italie, à Plaisance et dans les environs, en 1622.

——————

S'adresser à M. Rhozevil, régisseur général, pour la mise en scène de cet ouvrage, et à M. Fossey, chef d'orchestre, pour la musique. (*Théâtre de la Gaîté.*)

LES AVENTURIERS

PROLOGUE

LE CAMP DES ROUTIERS

— Aux environs de Plaisance, en Italie —

Une cour de couvent.

SCÈNE PREMIÈRE

STRUBINO, POGGIO, LES ROUTIERS, puis TARTAGLIA.

(Les uns vont et viennent; d'autres sont couchés par terre; Poggio cause au milieu d'un groupe à gauche.)

POGGIO.

Le capitaine m'a dit : « Choisis cent hommes, tourne le mont-Roc et va prendre d'assaut le couvent de San-Felipo... » Sitôt dit, sitôt fait... Mais, quant à prendre quelque chose d'assaut...

STRUBINO.

Point : toutes les portes étaient ouvertes, et moines et moinillons s'étaient enfuis.

TARTAGLIA, entrant.

Et voilà pourquoi l'on n'a trouvé que des assiettes vides et du poulet... en espérance.

1

STRUBINO.

Je vais visiter les caves... je meurs de soif, moi.

(Il sort.)

TARTAGLIA.

Moi de faim. Mais ça va-t-il durer encore longtemps, voyons?... Vous ne m'avez pas forcé à vous suivre pour m'exposer a me dévorer moi-même. Quand ça veut avoir des routiers majordomes et maîtres-queux, on doit pouvoir faire tourner la broche, sacrebleu! et avoir de quoi manger.

DEUXIÈME ROUTIER, riant.

Eh! sandédis! il est assommant, ce goinfre-là... Ne dirait-on pas qu'il a plus faim que nous!

TARTAGLIA.

Mais, certainement... (Ou rit.) Mais j'ai choisi l'état de maître-queux pour avoir toujours une croûte sous la main... Je ne me suis même plu parmi vous que parce qu'on me nourrissait bien... Mais à partir d'aujourd'hui, je déserte!... oh! sans tambour ni trompette... je ne vous prends pas en traître... Du moment que la famine vous suit, bonsoir!... Je ne fréquente pas les meurt-de-faim. (A part.) Si je n'avais pas pu boire un peu... je ne sais pas où j'en serais maintenant... — Oh! une soupe.. une bonne soupe!... ça vous fait de l'œil, au moins!... Enfin, patience!

DEUXIÈME ROUTIER.

Ce pauvre Tartaglia m'amuse.

POGGIO.

Notre imbécile de capitaine, qui a eu la maladresse de mourir ce matin!

TARTAGLIA.

Juste au moment où le pain manquait. Mais, enfin, pourquoi ne pas plier bagages?...

POGGIO.

Pourquoi? Mais parce que nous sommes tout simplement

au couvent de San-Felipo, à quelques lieues de Plaisance, et que, par ce temps de guerre civile, on aura infailliblement besoin de nous... voilà pourquoi.

PREMIER ROUTIER, riant.

Voilà pourquoi.

TARTAGLIA.

Et n'avoir pas une côtelette à se mettre sous la dent !

POGGIO.

Trop manger alourdit... César devait être à jeun quand il a franchi le Rubicon.

TARTAGLIA.

Quel grand capitaine ! Décidément, je défaille.

PREMIER ROUTIER.

Serre-toi le ventre, tu n'y penseras plus.

TARTAGLIA.

Serre-toi le ventre !... Je ne fais que cela !... (Se regardant.) Et dire que je ne maigris pas ! Je me fais pitié !...

POGGIO.

Je vous avais prédit, du reste, qu'il nous arriverait malheur de bivouaquer dans un couvent : choses d'églises, choses sacrées.

TARTAGLIA.

Que voulez-vous, lieutenant... nous avons ici des Allemands, qui sont tous luthériens, et des Turcs, qui sont athées.

PREMIER ROUTIER, riant.

Bon, le voilà parti... Cet Italien-là est extravagant... Il crie religion toute la sainte journée, comme s'il ne volait pas toute l'année... Ma parole d'honneur, on devrait le faire empailler.

TARTAGLIA, se fâchant.

Hé !... fils de gueux, quand j'ai faim, j'ai la main leste !

PREMIER ROUTIER.

Comment!...

DEUXIÈME ROUTIER, les calmant.

Voyons, voyons!...

TARTAGLIA.

Vous, vous êtes Français, touchez là!

DEUXIÈME ROUTIER, lui donnant la main.

Je suis Gascon!...

TARTAGLIA.

Alors, touchez deux fois... Les Gascons sont les Italiens de France!

POGGIO.

Qu'a-t-on fait de Bressarion?... L'a-t-on mis à la broche?...

TARTAGLIA.

C'eût été peut-être prudent.

DEUXIÈME ROUTIER.

Bressarion est allé en maraude.

TARTAGLIA.

Dieu lui fasse la tournée bonne!

PREMIER ROUTIER.

Quant à Strubino, il fouille le couvent... Un vrai renard, celui-là... S'il y a quelque chose dans un coin, il le trouvera...

TARTAGLIA.

Dieu le veuille !...

SCÈNE II

LES PRÉCÉDENTS, CÉSAR FARNÈSE.

VOIX AU DEHORS.

Ah! ah!...

PROLOGUE

CÉSAR FARNÈSE, paraissant au fond.

Voilà! voilà!...

UN ROUTIER.

Tu es sûr d'être enrôlé?. .

CÉSAR FARNÈSE.

Parbleu!...

LE ROUTIER, au lieutenant.

Lieutenant, une espèce de fou qui veut vous parler.

POGGIO, avec humeur.

Bien, bien!...

CÉSAR FARNÈSE.

Bien, bien, vous l'entendez, je reste. (A part.) Allons, de l'audace...

POGGIO.

Tu restes, et pourquoi faire?

TARTAGLIA.

Au fait, oui, à quoi es-tu bon?...

CÉSAR FARNÈSE.

A tout, pour tout, et en tout.

TARTAGLIA.

Alors, tu n'es bon à rien, va-t'en!

CÉSAR FARNÈSE.

Belle vie que celle de routier... aujourd'hui ici, demain là... l'amour en route, la guerre en chemin, et la fortune au bout!...

TARTAGLIA.

Ou la famine!

CÉSAR FARNÈSE, continuant.

Et le temps passé valait encore mieux, le temps des Malatesta et des Sforza, de Facino Cane et d'Otho... Mais n'importe, je serais fier d'être des vôtres?

TARTAGLIA.

Vous n'êtes pas dégoûté !...

CÉSAR FARNÈSE.

Je pourrais vous dire que je suis duc, comte ou baron... et vous me croiriez... Mais j'aime mieux vous avouer la vérité : je suis un gueux qui ne serais pas fâché de ne plus l'être... à n'importe quel prix... Retenez ce mot-là... Voulez-vous de moi pour compagnon?... J'ai la peau dure... ce qui ne m'a pas empêché d'être blessé au sac de Lodi... Ah! une belle affaire !... Enfin, j'ai le pied leste... ce qui ne m'a pas empêché d'être fait prisonnier en Toscane... Encore une rude journée !... un coquin de reître m'avait pris à bras-le-corps... J'avais beau lui larder les mains, il ne lâchait pas !... Bref, me voici : Bon œil, bon bras, bonne dent; en voulez-vous ?...

TARTAGLIA.

Voilà un rude coquin, par exemple !...

POGGIO.

Nous apportes-tu un coup de main à faire?

TARTAGLIA.

Ou de quoi manger?...

CÉSAR FARNÈSE.

Je m'apporte, voilà tout... Si j'avais un coup à faire, je le garderais pour moi.

POGGIO.

Nous te répondrons avec la même franchise : tourne les talons, ou nous allons te faire pendre.

CÉSAR FARNÈSE.

Pendu?... c'est un détail. — Voyons, ne nous fâchons pas... voulez-vous de moi comme cuisinier?...

TARTAGLIA.

Cuisinier?... et pour cuire quoi, imbécile?... Allons, détale, nous en avons deux. (A lui-même.) Deux de trop!...

CÉSAR FARNÈSE.

Comme palefrenier?...

PREMIER ROUTIER.

Nous en avons dix.

CÉSAR FARNÈSE.

Comme espion?...

POGGIA.

Nous en avons cent.

CÉSAR FARNÈSE.

Vous verrez qu'on ne pourra plus gagner sa vie même avec des voleurs.

TOUS.

Hein?...

CÉSAR FARNÈSE.

Vous me refusez?...

TARTAGLIA.

Par tous les saints du paradis, oui !

TOUS.

Oui, oui...

CÉSAR FARNÈSE, tendant son chapeau.

Alors, faites-moi la charité?...

TARTAGLIA.

Je n'en connais pas deux de cette force-là.

CÉSAR FARNÈSE.

Donnez-moi à manger, au moins?...

TARTAGLIA.

A manger?... Ah!... pour le coup, tu es bien tombé... Eh bien, mon garçon, nous sommes généreux .. nous allons te nourrir... et te bien nourrir... prends tout ce que tu trouveras, cherche!... Il est amusant.

CÉSAR FARNÈSE.

Voilà le mot!... Gardez-moi, je vous amuserai...

POGGIO, lui t pant sur l'épaule.

Tu m'as l'air d'un bon vivant !

TARTAGLIA, à César Farnèse.

On n'est admis parmi nous qu'à deux conditions.

CÉSAR FARNÈSE.

La première?...

POGGIO.

De nous avoir rendu un service...

CÉSAR FARNÈSE.

Charité bien ordonnée... C'est trop juste... La seconde?...

TARTAGLIA.

Avoir donné une preuve irrécusable de courage.

CÉSAR FARNÈSE.

Le courage et moi, nous sommes frères... J'accepte, touche là !...

TARTAGLIA.

Touche là !... Mon cher, vous êtes familier.

CÉSAR FARNÈSE.

Va donc, maraud, va !

TARTAGLIA.

Allons, tu as une trogne à réjouir un saint.

CÉSAR FARNÈSE, à tous.

Je reste?

TOUS.

Reste, reste !

CÉSAR FARNÈSE, à part.

On ne fait bien ses affaires que soi-même! Mon plan doit réussir.

(Il se mêle parmi les Routiers, puis disparaît dans l'intérieur du couvent.)

TROISIÈME ROUTIER, regardant au loin.

Voici Bressarion!

TOUS, avec joie.

Bressarion!

POGGIO.

Le maraudeur par excellence... Il ne revient jamais les mains vides.

TARTAGLIA.

Je sens déjà comme une vapeur de rôti et de vins vieux.

SCÈNE III

LES PRÉCÉDENTS, BRESSARION, puis BRESSANE et MARIE, amenées par des routiers.

TARTAGLIA.

Mon bon, à quelle heure dîne-t-on?

BRESSARION.

Dîner?... je n'ai pas faim.

TARTAGLIA.

Je crois bien, tu as assez bu... — Où a-t-il pris ce vin? (A part.) Serait-ce celui que j'ai caché?...

BRESSARION, montrant les femmes.

Voilà tout ce que j'ai pu trouver!

TARTAGLIA, désespéré.

Des femmes! Deux bouches de plus à nourrir!...

BRESSANE, à Marie.

Je ne suis pas une montagnarde pour rien, je me défendrai.

MARIE, la calmant.

Tais-toi!...

BRESSARION, à Poggio.

Elles étaient trois... elles venaient de la ville voisine et couraient dans les collines, lorsque...

BRESSANE.

Voilà ce que c'est, monsieur le capitaine... La fille du comte Gaston Torelli...

MARIE, bas, à Bressane.

Mais tais-toi donc, tu vas les irriter !...

BRESSARION.

Elles cueillaient de la bruyère...

BRESSANE.

Oui, de la bruyère sauvage pour ma maîtresse, mademoiselle Jeanne de Torelli... elle doit aller au tombeau de sa nourrice... elle voulait avoir de ces fleurs... Nous avions pris la petite colline accoutumée, quand ces bandits...—Je vous demande pardon de parler ainsi de vos soldats...—mais ils sont sans pitié... — Ne voulaient-ils pas nous lier les mains ! celui-là surtout ! Vous avez l'air d'un brave homme, vous... Je suis fille libre, justice, justice !

TARTAGLIA, au premier Routier.

Elle est drôle !... Nous ferions peut-être bien de la garder, qu'en penses-tu ?

PREMIER ROUTIER.

Oui.

BRESSARION, continuant.

Donc, elles étaient trois, toutes trois au service de Gaston de Torelli, l'ancien seigneur d'Orvietto. Des trois, j'ai envoyé la plus laide au château, avec mission de demander du pain, de la viande et deux mille ducats de rançon pour les deux autres. J'ai donné ma parole qu'elles seraient respectées ; la messagère est partie, et me voilà. Celle-ci se nomme Bressane, Jeanne de Torelli ne peut s'en passer, elle payera pour la ravoir.

BRESSANE.

Elle ne donnera rien !... et elle aura raison !... Deux mille ducats pour une suivante que voici... (Elle montre Marie.) et une montagnarde de Frésinone (se montrant.) que voilà... allons donc !... Vous vous dites : « Mademoiselle de Torelli a bon cœur ; elle ne tient pas à l'argent ; pour les délivrer, elle donnerait ses diamants au besoin ?... » Eh bien ! non !... Je refuserai, moi !... J'aime mieux mourir, entendez-vous, et je mourrai avant d'avoir coûté plus que je ne vaux à personne !...

BRESSARION, bas.

Laissons-la dire, elle est folle !

TARTAGLIA.

Folle ! folle ! elle a peut-être faim !

SCÈNE IV

Les Précédents, STRUBINO.

TARTAGLIA.

Strubino !... eh ! arrive donc !

STRUBINO.

Ne m'approchez pas, ou je mords !

TOUS.

Hein ?

DEUXIÈME ROUTIER.

Il est enragé.

TARTAGLIA, à Strubino.

Tu n'as rien trouvé ?

STRUBINO.

Rien.

TARTAGLIA.

Mais c'est la famine organisée, ça !... Comment, rien ?

STRUBINO.

Les caves sont vides.

TARTAGLIA.

Le grenier ?

STRUBINO.

Déménagé.

TARTAGLIA.

La huche ?...

STRUBINO.

Un désert.

TARTAGLIA.

C'est à n'y pas croire... Mais les chats, mais les chiens, mais les mules, qu'en ont-ils fait ?

STRUBINO.

Même les rats ont délogé.

DEUXIÈME ROUTIER.

Dam ! ils ont eu peur d'être mangés.

TARTAGLIA.

Ça rit de tout, ces Français !...

STRUBINO.

Oui, mais je ne ris pas, moi ! (Mouvement.) Cela vous étonne ?... eh bien, tant mieux !... Oui, mes amis, c'est Strubino, votre bon Strubino, votre aimable et spirituel Strubino, qui vous dit une fois ce qu'il a sur le cœur : Vous avez l'air de vous complaire ici, vous êtes un tas de sots, je vous tire ma révérence, je vais chercher fortune ailleurs !

POGGIO.

Tu nous quittes ?

STRUBINO.

Aussi vrai que je consens à être pendu par les talons comme un lapin éventré, si je ne le fais pas !...

POGGIO.

Eh bien, va donc, et que le diable t'emporte !

STRUBINO.

Eh bien, adieu, et qu'il te torde le cou, gibier d'estrapade!

(Il sort.)

TARTAGLIA.

Je comprends ça, moi, je comprends ça... il devient furieux quand il a soif, comme je deviens stupide quand j'ai faim! (Serrant sa ceinture.) Allons, un cran de plus, et attendons.

BRESSANE, bas, à Marie.

Fais ce que j'ai dit, et nous sommes sauvées!

POGGIO, aux deux femmes.

Venez!...

MARIE, bas à Poggio.

Mais à qui croyez-vous parler? à moi, ce serait bien, mais à elle!... vous n'y pensez vraiment pas!...

POGGIO.

Bah!... serait-ce Jeanne de Torelli elle-même?... mais, bravo! la prise serait meilleure...

MARIE, le retenant.

Mais non!... C'est la sorcière de Torre-Paterno...

POGGIO.

Elle?...

TARTAGLIA.

Comment, elle?...

MARIE, montrant Bressane qui a pris une attitude inspirée.

Tenez, voilà déjà le démon de l'inspiration qui la saisit. — Elle lit dans l'avenir comme dans un livre.

TARTAGLIA.

Je vais l'interroger. (A Bressane et lui tendant la main.) Eh! la sorcière, dépêche-toi à trouver ma bonne aventure là dedans!

MARIE, bas, à Tartaglia.

Ne la brusquez donc pas !

TARTAGLIA,

C'est vrai !... (A Bressane.) Elle n'est peut-être pas très-propre, ma main... mais n'importe, à la guerre comme à la guerre, sacrebleu !... Qui suis-je ?... D'où viens-je ?... que sais-tu de moi ?... non... (Bas aux Routiers,) Je ne serais pas fâché de savoir si nous jeûnerons encore longtemps. (Haut.) Quand dînerai-je ?...

BRESSANE, après avoir regardé dans sa main.

Vous êtes condamnés à mourir tous de faim... toi le premier !

TARTAGLIA, retirant sa main.

Hein !... qu'est-ce qu'elle dit donc ?... moi ?...

BRESSANE.

Une seule femme pourrait vous sauver.

TARTAGLIA.

Où est-elle ?... J'irai me jeter à ses pieds... s'il faut l'adorer je le ferai... L'épouser, je suis prêt !

BRESSANE.

Cette femme a pitié de vous, et cette femme, c'est moi !

TARTAGLIA.

Laissez-moi vous embrasser !...

BRESSANE, le repoussant.

Vous irez à la fontaine de San-Felipo...

TARTAGLIA.

Oui... la fontaine qui sert d'abreuvoir, et qui est creusée dans un rocher...

BRESSANE.

A l'angle droit du roc, à hauteur d'homme, vous verrez une pierre rouge... ·

TARTAGLIA.

Je la connais... Après?

BRESSANE.

Cette pierre dissimule l'entrée d'un souterrain... C'est là que les moines ont caché leurs vivres en s'enfuyant.

TARTAGLIA.

Seigneur Dieu je dinerai donc... — au souterrain!...

TOUS.

Au souterrain, au souterrain!...

(Ils sortent.)

TARTAGLIA, à part.

Elles ont échangé un drôle de regard... j'y veillerai!

(Il sort.)

SCÈNE V

BRESSANE, MARIE.

BRESSANE.

Nous sommes sauvées!...

MARIE.

Tu as plus de tête que Charles-Quint!

BRESSANE.

Attends!... (Elle va regarder au fond.) Ils sont partis!... la dernière sentinelle aussi!... Orientons-nous!... (Regardant à droite. Une poterne!... elle est ouverte!... Ils mettront dix minutes à aller au rocher, cinq ou six à briser la pierre, nous aurons de l'avance sur eux, viens! viens!...

(Elles vont pour sortir, Tartaglia paraît.)

SCÈNE VI

LES PRÉCÉDENTS, TARTAGLIA.

TARTAGLIA.

Où cela, mes bijoux?...

MARIE et BRESSANE.

Dieu!...

TARTAGLIA, allant au fond et criant.

Eh! les amis!... Ne courez pas tant, on s'est moqué de vous!...

BRESSANE.

Nous sommes perdues!... (A Tartaglia.) Oh! grâce, grâce!...

TARTAGLIA.

Ah! fi!... se jouer d'une chose sacrée; de l'appétit d'un homme!... (Criant.) Eh! venez donc!... (A part.) Sans moi, nos deux mille ducats de rançon prenaient la clef des champs.

BRESSANE.

Ne nous perdez pas!...

TARTAGLIA.

Ne pas vous perdre?... Mais, malheureuse!

BRESSANE, priant.

Monsieur! monsieur!...

TARTAGLIA, à part.

Quels yeux elle a!... (Haut.) Malheureuse!... (A part.) Je n'avais pas vu cet œil-là!... (A Bressane.) Comment, vous avez osé!...

MARIE.

Ah! les voici...

BRESSANE.

Oh! ne les irritez pas davantage contre nous... je vous en prie!... je vous en prie!...

(Les Routiers reviennent.)

SCÈNE VII

LES Précédents, BRESSARION, POGGIO, LES ROU-TIERS.

BRESSARION, arrivant.

Comment, ces péronnelles ?...

TARTAGLIA, riant.

Bah ! bah ! j'ai fini par en rire... C'est surtout de moi qu'elles se sont joué! Je vais les conduire dans la salle basse. (Bas à Bressane.) Prenez mon bras! (Se ravisant.) non! (Avec une grosse voix.) Allons, marchez, sacrebleu, marchez!... (Bas.) C'est pour rire... je ne suis pas méchant... je vous sauverai!... (Haut.) Marchez donc, sacrebleu, marchez donc!

(Ils sortent tous trois.)

POGGIO.

Mets-leur des menottes si elles résistent. (Aux Routiers.) Voici l'heure de la sieste... usons-en... Qui dort dîne!...

(Tous se couchent. En ce moment, Amaury, pâle, défait, essoufflé, couvert de poussière se précipite dans la cour du couvent, et s'adresse à César Farnèse qui descend du couvent.)

SCÈNE VIII

LES Précédents, AMAURY, CÉSAR FARNÈSE.

AMAURY.

Les religieux de San-Felipo, je vous prie?

CÉSAR FARNÈSE.

Les religieux de San-Felipo? les voici, mon cavalier!

(Il montre les Routiers.)

AMAURY, se retournant.

Des hommes d'armes! Mais n'importe, je vous adresserai
ma prière... entre soldats on se comprend... Messieurs! ma
mère se meurt, je veux la revoir; au nom du ciel, prêtez-moi
un cheval?...

TOUS.

Un cheval'...

AMAURY.

Ma vie, mon sang, tout ce que j'ai, je vous l'offre en échange!

POGGIO.

Ta vie? mais, mon amour, elle nous appartient, ta vie!

BRESSARION.

Ton sang?... mais, mon chéri, il est à nous.

POGGIO.

Quant à ce que tu as, nous serons généreux, nous parta-
gerons jusqu'aux derniers deniers avec toi... Allons, ne te
gêne pas, vide tes poches.

AMAURY.

J'ai donné mes dix derniers ducats pour un cheval... Oui,
messieurs... et il vient de s'abattre pour ne plus se relever!

POGGIO.

Vous alliez donc comme le vent?

AMAURY.

Pas assez vite encore, la mort est prompte, elle n'attend
pas!... Ah! un cheval, un cheval?...

BRESSARION.

On vous poursuit?

AMAURY.

Ma mère se meurt, je veux l'embrasser à son lit de

mort!... Je ne l'ai jamais connue!... j'ai attendu vingt ans
ce baiser!... Je n'ai plus que dix lieues à faire. . J'ai bien
souffert, allez!... Tenez, je pleure! Oh! prenez-moi en pitié!...
une femme vous a nourris: eh bien, au nom de cette femme
à qui vous devez la vie, au nom de votre mère, oh! prêtez-
moi un cheval... n'importe lequel .. Le plus dangereux si vous
voulez, pourvu qu'il soit vigoureux et rapide? .. C'est le dernier
baiser, le dernier adieu de ma mère mourante que je vous
devrais!... Oh! un cheval, un cheval?...

(Il tombe à leurs pieds.)

CÉSAR FARNÈSE.

On ne donne rien pour rien, mon beau pleureur!

AMAURY, désespéré.

Oh! mon Dieu! mon Dieu!...

CÉSAR FARNÈSE.

Tu as une épée, demande à la force ce que la prière n'ob-
tient pas.

AMAURY.

Ah! vous êtes des lâches!

CÉSAR FARNÈSE.

Bravo! lèvres de femme qui prient, bouche d'homme qui
menace!... Il y a là une jument bien tournée, on te la donne
pour un coup d'épée?

AMAURY.

Un coup d'épée?.. et à qui?..

CÉSAR FARNÈSE.

A moi, par exemple... on attend de moi une preuve de courage et d'audace!..

AMAURY, tirant son épée.

Ah! damné, je vais te tuer...

CÉSAR FARNÈSE.

Une arme!

POGGIO, lui donnant une épée.

Tiens, prends.

AMAURY.

Vous me répondez de la parole de cet homme?

TOUS.

Oui, oui!

BRESSARION.

Tu dois être fatigué, jeune homme, repose-toi d'abord.

AMAURY.

Me reposer? Est-ce que la mort se repose?.. (A César.) Dépêchons! dépêchons!

(Il l'attaque.)

CÉSAR FARNÈSE.

Vous êtes de l'école allemande, mon petit.

AMAURY, l'attaquant.

Dépêchons, dépêchons, le temps passe!

CÉSAR FARNÈSE, à part.

Diable!... jouons serré!...

AMAURY.

Meurs, maudit, ma mère attend!

(Il le blesse au bras.)

CÉSAR FARNÈSE.

Mille tonnerres!

(Ils vont pour continuer.)

POGGIO, les arrêtant.

Assez! assez!..

BRESSARION.

Vrai Dieu, un beau coup d'épée!

POGGIO, à Amaury.

Voulez-vous être des nôtres, mon cavalier ?..

AMAURY.

Non !.. Le cheval ?

POGGIO.

Vous êtes libre, allez !

AMAURY, à part.

J'embrasserai donc ma mère !...

(Il sort. — Tartaglia revient.)

SCÈNE IX

Les Précédents, TARTAGLIA.

CÉSAR FARNÈSE, à part.

Je serai leur risée, et dès lors tout est perdu !... (Haut.) Le pied m'a tourné... grâce à cette méchante et maudite pierre !

BRESSARION, riant.

Oui, c'est cela !... oh ! l'excellente pierre... elle se trouve juste là pour excuser sa maladresse !...

CÉSAR FARNÈSE, à part.

Il payera pour l'autre !... (Haut.) Tu me railles, je crois ?...

BRESSARION, riant.

Non, je me gêne !...

CÉSAR FARNÈSE, impérieusement.

Ton rire me déplaît.

BRESSARION.

Bon !.. — mais sais-tu bien que je suis la meilleure lame de la troupe; et quand on.vient de se faire larder comme un sot, qu'il est au moins absurde de braver ma colère?...

CÉSAR FARNÈSE.

Ta colère?... Je vais voir ce qu'elle vaut... j'ai encore ma main gauche, elle suffit; en garde!...

BRESSARION, tirant s n épée.

Tu n'as pas assez d'une leçon? à ton aise...

(Ils croisent l'épée; à la première passe, César s'arrête.)

CÉSAR FARNÈSE.

La partie n'est pas égale, vous êtes ivre!... —A-t-on du vin ici?...

BRESSARION.

Çà, fanfaron...

CÉSAR FARNÈSE.

Je veux égaliser les chances... — Du vin, du vin?...

TARTAGLIA, riant.

Ah! pour une drôle d'idée, en voilà une, par exemple! (A César.) Vous me plaisez, vous. J'avais caché un broc de vin dans un certain coin, je vais vous le chercher.

PREMIER ROUTIER.

Tu en avais ?

DEUXIÈME ROUTIER.

Et tu nous le cachais?

TROISIÈME ROUTIER.

Et tu ne l'as pas partagé?

TARTAGLIA.

Bah! bah!... si on partageait tout ce qu'on trouve, on fini rait par ne plus rien avoir.

(Il sort.)

PREMIER ROUTIER.

L'ivrogne !...

DEUXIÈME ROUTIER.

Le sac-à-vin!

TROISIÈME ROUTIER.

L'éponge !...

TARTAGLIA, revenant.

Voilà, voilà ! (Il présente un gobelet à César après l'avoir rempli.) C'est un vin que je connais et qui ne peut se faire au caractère de personne.

CÉSAR FARNÈSE.

A votre santé, mes braves !...

(Il boit.)

BRESSARION.

Le fat !

CÉSAR FARNÈSE, à Tartaglia.

Verse! (A Bressarion.) Seigneur Bressarion...

BRESSARION.

Tu me connais?...

CÉSAR FARNÈSE.

Seigneur Bressarion, vous êtes un drôle... mais ce serait une de vos vertus, si vous n'étiez un misérable et un traître.

BRESSARION.

Çà, veux-tu que je t'éventre?...

CÉSAR FARNÈSE.

Je ne suis pas encore ivre... — Verse!... vous êtes allé cette nuit au palais Ducal, seigneur Bressarion, et vous avez généreusement offert à Ranuzzio Farnèse, duc de Plaisance et de Parme, de lui livrer vos compagnons, que voici... — et de fournir certaines preuves qui les eussent fait pendre les uns après les autres...

(Murmure général.)

BRESSARION, aux Routiers.

Il ment, il ment!...

CÉSAR FARNÈSE.

Verse!...

TARTAGLIA.

Il est charmant!...

BRESSARION, furieux.

En garde, imposteur, en garde!

CÉSAR FARNÈSE.

Je ne suis pas encore à point... — verse!... — Donc, pour cent ducats d'or, seigneur Bressarion, vous auriez conduit vos meilleurs amis à la potence... ah fi!

(Il boit.)

BRESSARION, hors de lui.

Te défendras-tu, enfin?

CÉSAR FARNÈSE.

Verse, verse!... (Il boit.) A votre santé, mes agneaux! (A Bressarion, en montrant les routiers, mais la langue embarrassée.) Donc, vous avez pu... des frères... de braves gens... d'honnêtes pères de famille... vous avez pu... (Se penchant vers lui.) Qu'est-ce que je disais donc?... (Mouvement de colère de Bressarion.) Ah! vous n'entendez pas la plaisanterie?... (Aux Routiers.) il n'entend pas... — allons, je crois que je suis ivre, en garde!...

(Ils se battent.)

TARTAGLIA.

Un duel d'ivrognes, bravo!... Ne les gênez pas!... je me serai au moins amusé un moment.

BRESSARION, tombant.

Ah!

CÉSAR FARNÈSE, jetant son épée.

Il est mort, vous pouvez l'emporter.

(On emporte Bressarion.)

TARTAGLIA, à César Farnèse.

Pour un homme ivre, vous tricotez assez bien dans la peau des autres, vous.

CÉSAR FARNÈSE.

Ivre?... Quand j'ai besoin de mon bon sens, je l'ai... ma volonté suffit!... Écoutez tous.

TARTAGLIA.

Il m'intrigue, cet être-là.

CÉSAR FARNÈSE.

Êtes-vous satisfaits de mon courage?...

TOUS.

Oui, oui!...

CÉSAR FARNÈSE.

Je vous dois maintenant un service? Le voici : (Tous se pressent autour de lui.) Je vous ai vendus.

TOUS.

Vendus?...

CÉSAR FARNÈSE.

A César Farnèse.

TOUS.

Vendus?...

CÉSAR FARNÈSE.

Contre trois heures de pillage!

TARTAGLIA.

Ah! c'est différent!... (A César.) Et où cela?...

CÉSAR FARNÈSE.

A Plaisance!

POGGIO.

Mais le duc Ranuzzio a une armée?...

CÉSAR FARNÈSE.

Il est à Parme et il se meurt.

TARTAGLIA.

Mais il peut en réchapper?...

CÉSAR FARNÈSE.

En attendant, les Français s'empareront de la ville.

POGGIO.

Mais Odoardo Farnèse est son héritier... l'héritier légitime?...

CÉSAR FARNÈSE.

En attendant, l'Espagnol se glissera dans Plaisance. Donc, il vaut mieux la prendre, nous... C'est tout simple... nous devancerons l'Espagnol, qui se consolera en voyant la mine attrapée du Français... et le Français qui rira en voyant l'Espagnol en retraite... Quant au peuple, il regarde Ranuzzio comme mort et Odoardo comme un sot... Réfléchissez... César Farnèse est votre homme... J'ai ses pleins pouvoirs, voyez?...

TARTAGLIA.

Il marcherait contre son père?...

CÉSAR FARNÈSE.

Quel père?...

TARTAGLIA.

Est-ce qu'il en a plusieurs?... (Mouvement de César.) Mais ça s'est vu.

PREMIER ROUTIER.

Un fils contre son père, non, ça nous porterait malheur !

CÉSAR FARNÈSE.

Le fils est souvent le châtiment du père, et c'est alors un devoir de le suivre. D'ailleurs, avant d'être père, Ranuzzio est un tyran. Il a inventé une conspiration pour se défaire des hommes puissants qui le gênaient. Ses sujets, il les pillait quand il ne les écrasait pas d'impôts. Il a incendié une église où des ennemis à lui priaient. Du reste, aimant les savants, ce qui fait que César Farnèse les exècre; les poëtes, ce qui fait que César Farnèse les abhorre; il se parfume comme une femme, tombe en syncope au bruit du canon, ce qui fait que César Farnèse est brutal, aventureux, sauvage, et qu'il se fait de la guerre une poésie, et de la débauche une distraction. Il veut Plaisance, moins pour être duc, que pour avoir de bons soldats sous la main, et, au besoin, pour prendre telle ou telle ville qui servirait d'apanage à ses lieutenants. Or, c'est moins un prince que je vous propose qu'un capitaine; ce n'est pas un maître, c'est un compagnon, et des meilleurs : à l'aise sous le corselet d'acier comme sous le velours, dans la pourpre comme sous des haillons. Du haut de l'échelle, il est retombé au plus bas échelon; il remonte à cette heure, voulez-vous le suivre?...

TOUS.

Oui, oui!... — C'est un brave! — c'est un capitaine! — c'est un vaillant!

POGGIO.

Mais vous, qui êtes-vous, enfin?

CÉSAR FARNÈSE.

Je suis César Farnèse!...

TOUS.

César Farnèse!

TARTAGLIA, à part.

Et moi qui l'ai appelé imbécile!

CÉSAR FARNÈSE.

Oui, compagnons, et je vous invite à souper?...

TARTAGLIA.

A souper!... et où cela?

CÉSAR FARNÈSE.

Dans la grande galerie du couvent.

TOUS.

Vivat! vivat!

CÉSAR FARNÈSE.

Aujourd'hui, ripaille et bombance, et demain Plaisance sera à nous!...

TARTAGLIA.

Et trois heures de pillage?...

CÉSAR FARNÈSE.

Trois heures!

TOUS.

Vive César Farnèse! vive César Farnèse!...

FIN DU PROLOGUE

ACTE PREMIER

Le cimetière de San-Lucco, aux environs de Plaisance. — A droite, une petite croix sur une fosse. — A gauche, un tombeau somptueux ; un peu plus loin, de la terre amoncelée et une brouette. — Enfin, au dernier plan, à droite, sur les hauteurs, à travers des arbres, une église dont on aperçoit la face principale et les vitraux.

SCÈNE PREMIÈRE

STRUBINO, déguisé en vieillard ; UN AIDE-FOSSOYEUR.

STRUBINO, montrant la petite croix.

Une tombe modeste, mais qui ne sera pas moins le piédestal de ma fortune.

L'AIDE-FOSSOYEUR.

Vous dites ?

STRUBINO, achevant de remplir la brouette.

Je dis que j'ai remplacé le père Corruccio, mon garçon, et que je suis content de toi... C'est prêt... emporte... (Le garçon sort. Des promeneurs passent.) C'est une promenade que ce cimetière de San-Lucco.

SCÈNE II

STRUBINO, UNE DAME.

LA DAME, l'arrêtant.

Monsieur ?

STRUBINO.

Ma belle dame ?

LA DAME.

L'allée des Ormes, je vous prie ?

2.

STRUBINO.

Au bout, à droite...

(La Dame s'éloigne après l'avoir remercié.)

STRUBINO, riant.

Eh!... elle a un petit air, cette dame... Si c'est une veuve, elle n'est pas désolée que son mari soit ici.

(Arrive Donato causant avec un Seigneur.)

SCÈNE III

DONATO, STRUBINO, LE SEIGNEUR.

DONATO, apercevant Strubino.

Ah!... (A Strubino.) Approche.

STRUBINO, à part.

A qui parle-t-il donc?

DONATO.

As-tu vu passer un gentilhomme de ma taille... il porte une plume rouge à son feutre?

STRUBINO.

Non .. (Se ravisant.) Mais, pardon, ils étaient peut-être deux

DONATO.

C'est possible.

STRUBINO.

Causant tout bas et vivement?

DONATO.

C'est probable.

STRUBINO.

Mine affairée, air inquiet?

DONATO.

Eh bien!

STRUBINO.

Je ne les ai pas vus.

DONATO.

Drôle !...

(Le Seigneur l'emmène.)

SCÈNE IV

STRUBINO seul, puis CÉSAR FARNÈSE.

STRUBINO, riant.

Ah !· ah ! ah !... on tue le temps comme on peut !... (Regardant fosse.) Oui, ma fortune est là... César Farnèse peut venir... Oh! l'attente !... Mais n'importe, il viendra, il viendra! (A l'Aide-Fossoyeur qui revient.) Déjà !... on voit bien que vous avez vos jambes de vingt ans. (Arrive César enveloppé dans son manteau.) C'est lui !...

SCÈNE V

Les Mêmes, CÉSAR FARNÈSE.

CÉSAR FARNÈSE, à part.

A gauche, la troisième croix... (Montrant la petite croix noire.) La voilà ! (Lisant l'inscription.) Marianne... On ne m'avait pas trompé... — Une profanation !... — est-ce bien utile ?...

STRUBINO, à part.

A nous deux, mon beau seigneur !

CÉSAR FARNÈSE, à part.

Marianne a prévenu son fils qu'on ensevelirait avec elle tout ce qui pourrait un jour lui révéler sa naissance... Elle a craint que cette révélation lui soit fatale... — Les mères sont clairvoyantes...

STRUBINO, à part.

Nous allons jouer une partie entre chien et loup, entre chat et renard, mon gentilhomme.

CÉSAR FARNÈSE, à part.

Je suivrai mon plan.

(Donato revient.)

SCÈNE VI

CÉSAR FARNÈSE, STRUBINO, DONATO.

CÉSAR FARNÈSE, bas à Donato.

L'envoyé d'Espagne me quitte à l'instant. Il m'a aussi parlé de l'anneau des Farnèse. Il est certain que le peuple, et même la noblesse, y attachent un pouvoir irrésistible et mystérieux. Donc, il me le faut. (Montrant la fosse.) Il est là, je l'aurai.

DONATO.

Ceci te regarde. J'ai vu Gaston de Torelli, je le crois disposé à ton alliance.

CÉSAR FARNÈSE.

Mais cette alliance est-elle bien nécessaire, Donato ?

DONATO.

Indispensable !... Les Torelli sont puissants, très-riches, fidèles surtout... Avec leur appui, ton pouvoir s'affermirait... Gaston sera gonfalonnier de l'Église.

CÉSAR FARNÈSE.

Sa fille a vingt ans ?

DONATO.

Vingt-deux... Comme son père, elle a une âme haute et fière. Elle monterait sur un trône sans s'étonner, comme elle vivrait dans l'obscurité sans se plaindre.

CÉSAR FARNÈSE.

Oui, de ces femmes qu'il faut haïr ou adorer.

DONATO.

Tu l'adoreras. — Dois-je parler au comte ce soir?

CÉSAR FARNÈSE.

Tu le peux. Je ferai ma demande demain.

DONATO.

Adieu donc !...

CÉSAR FARNÈSE.

Au revoir.

(Donato sort.)

SCÈNE VII

CÉSAR FARNÈSE, STRUBINO.

CÉSAR FARNÈSE.

Allons, un homme de bonne volonté et à l'œuvre... (Apercevant Strubino appuyé sur sa bêche et qui a l'air de l'examiner.) Une barbe vénérable, mais une mine d'ivrogne... Pourquoi irais-je chercher plus loin?... (Il lui fait signe d'approcher.) Tu as l'air de me connaître?...

STRUBINO.

Possible que oui, possible que non, mon beau seigneur. Je connais un homme qui répond au nom de César Farnèse. Des quatre frères qu'il avait, il en a fait disparaître trois, trois bâtards, j'en conviens, en les faisant enlever une nuit, comme on se débarrasse d'une nichée de chiens ou de chats. Quant à Odoardo, son aîné, il l'aurait infailliblement assassiné, si son père n'avait prévenu ce fratricide en le chassant de ses États... Est-ce vous?

CÉSAR FARNÈSE.

Continue.

STRUBINO.

En France, d'où il vient, il a été un des meurtriers de Concini; un instant en Espagne, il a provoqué l'expulsion des Maures; et voilà trois jours il prenait Plaisance d'assaut, à la tête d'abominables routiers qu'il avait soudoyés... et son père, dépouillé par lui, est mort en le maudissant... Est-ce vous?

CÉSAR FARNÈSE.

Achève.

STRUBINO.

Duc, seigneur et prince souverain il lui manque un anneau à cette heure, — l'anneau des Farnèse, comme dit la légende; — et il est venu au cimetière de San-Lucco pour violer la tombe où cette relique est cachée... Est-ce vous ?

CÉSAR FARNÈSE, à part.

Il sait bien des choses pour un fossoyeur. (Haut.) Qui t'a vendu mon secret ?

STRUBINO.

Je n'aurais pas eu la première obole pour le payer. D'ailleurs, à quoi bon, n'avons-nous pas le hasard ?... On passe, il vous arrête; on se défend, il vous séduit; on prête une oreille, il vous les prend toutes les deux, et les cloue lestement aux fentes d'une porte ou d'une masure, et tout est dit. Une façon de sorcière, par exemple, hier, au couvre-feu, rend compte à votre seigneurie des derniers moments de Marianne, on entend tout; elle vous parle de précieux parchemins fourrés dans le cercueil de la morte, on n'en perd pas un mot; bref, bon gré, mal gré, on est votre complice ou votre ennemi, selon l'intérêt que l'on consulte.

CÉSAR FARNÈSE.

Tu es franc.

STRUBINO.

Les parchemins importent peu, l'anneau est tout : — anneau mystérieux, donné à l'un de vos ancêtres par une prophétesse du Liban. — « Tiens, prends, lui dit-elle, la destinée de ta race est attachée à ce talisman. Tu seras plus que roi; ton fils sera prince, et tes petits-fils régneront ! » puis elle disparut. L'homme à qui elle parlait a été pape; son fils duc souverain : l'un s'est nommé Paul III; l'autre, Pierre Farnèse.

CÉSAR FARNÈSE.

Le grand aïeul !

STRUBINO.

De main en main, l'anneau est arrivé à Ranuzzio, votre père. Ranuzzio le donna à l'une de ses maîtresses la nuit où elle devint mère... — C'était une Française ; une fille obscure... — Mais bientôt la mère et l'enfant disparurent... Qu'est devenu l'enfant?... nul ne le sait!... Quant à la mère, c'est Marianne, et elle dort là pour toujours.

CÉSAR FARNÈSE.

Tu m'attendais donc?...

STRUBINO.

Vous ne serez convaincu de votre pouvoir que quand le peuple y croira, et le peuple n'y croira qu'en vous voyant l'anneau fatidique au doigt. — Eh bien, il est là... dans une boîte scellée aux armes des Farnèse. Je me suis dit que vous deviez répugner à gratter de la terre avec vos ongles. Moi, c'est mon métier. Je vis avec les morts; ça me connaît Allons, faut-il faire sauter cette croix?... maître des parchemins, vous ne devez rien à personne; maître de l'anneau...

CÉSAR FARNÈSE.

Rien à personne... pas même à toi?...

STRUBINO.

Je vous les remettrai en échange de cinq mille ducats.

CÉSAR FARNÈSE.

Tu as des goûts ruineux?...

STRUBINO.

Non, j'ai des vices.

CÉSAR FARNÈSE, à part.

Je donnerais l'un de mes palais pour le contraindre à se trahir.

STRUBINO, à part.

Il y viendra!...

CÉSAR FARNÈSE.

Si je me passais de toi?...

STRUBINO.

Essayez...

CÉSAR FARNÈSE.

Tu as trop vécu pour ne pas tenir à la vie?...

STRUBINO.

J'ai surtout trop vécu pour vouloir vivre plus longtemps sous ces haillons. Je joue cartes sur table : donnant, donnant, est-ce dit?...

CÉSAR FARNÈSE, vivement.

Chut!... on nous écoute!...

STRUBINO, avec sa voix naturelle.

On nous écoute!...

CÉSAR FARNÈSE, à part.

C'est Strubino!... (Haut.) Non, je me suis trompé!

STRUBINO, à part.

Il m'a tendu un piége. (Haut avec humeur.) Le marché est-il conclu?...

CÉSAR FARNÈSE, riant.

Cinq mille ducats?... Mais avec cette somme, on se ferait bâtir un palais?...

STRUBINO.

C'est peut-être pour ça que je la demande...

CÉSAR FARNÈSE.

Cinq mille ducats!... Voyons, trois mille?...

STRUBINO.

Non!...

CÉSAR FARNÈSE, le prenant par sa barbe.

Le turc!...

(La barbe lui reste dans la main.)

STRUBINO.

Demonio!...

CÉSAR FARNÈSE, lui jetant sa barbe.

Ta barbe tombe de vieillesse, tiens.

STRUBINO, tendant la main.

Allons, je suis bon diable, j'accepte?

CÉSAR FARNÈSE.

Tu es Strubino... l'assassin de la sœur de la duchesse de Parme!... Que me donneras-tu maintenant pour me taire?...

STRUBINO.

Par le ciel, voici le prix!...

(Il lève son poignard pour le frapper.)

CÉSAR FARNÈSE, retenant son bras.

Tu es généreux!... (Le poignard tombe. César Farnèse ramassant le poignard.) Une bonne lame!... Et tu voulais me tuer!... ainsi!... sans crier gare!...

(Il le prend au collet.)

STRUBINO.

Oh! je ne fuirai pas... Quand on est aussi sot que je le suis, le mieux est de se faire pendre le plus tôt possible.

CÉSAR FARNÈSE.

Tu en prends vite ton parti.

STRUBINO.

Eh bien!... non!... Je suis battu; j'ai trouvé mon maître. voulez-vous de moi comme complice ou comme valet... Je serai muet comme une tombe et vous servirai comme un chien.... chien fidèle, chien couchant... Mordant vos en-

3

nemis et léchant vos mains... Je suis ainsi, moi... je ne sers que ceux qui me dominent, j'ai des crocs pour ceux que je brave ?

CÉSAR FARNÈSE.

Tu auras tes cinq mille ducats.

STRUBINO.

Vous êtes un homme d'esprit ! — Désormais, à la vie, à la mort.

CÉSAR FARNÈSE.

A l'œuvre !...

STRUBINO, regardant au fond.

Jeanne de Torelli !...

CÉSAR FARNÈSE.

Elle se dirige de ce côté, éloignons-nous.

(Ils sortent.)

SCÈNE VIII

JEANNE, BRESSANE, puis L'AIDE-FOSSOYEUR, ensuite AMAURY.

(Jeanne suivie de Bressane arrive du fond, et se dirige vers le tombeau de sa nourrice. L'Aide-Fossoyeur passe, trainant sa brouette ; Jeanne l'appelle.)

JEANNE.

Mon ami !... Allez me chercher une couronne, je vous prie.

L'AIDE FOSSOYEUR.

Oui, madame, dans un instant, j'ai encore cette charge de terre à emporter.

(Il se met en devoir de remplir sa brouette.)

JEANNE, regardant le tombeau de Marianne.

Cette croix abandonnée !... aucune trace amie, aucun souvenir !... Elle n'a donc été regrettée par personne ?.. L'abandon de ce tombeau me fait mal. (Lisant.) Marianne!... que de douleurs peut-être dans ce simple mot. Hélas!... (Elle retourne au tombeau de sa nourrice, après avoir déposé quelques fleurs sur la fosse. — Amaury entre en cherchant, puis disparaît un moment. Jeanne, priant.) Si les âmes de ceux qui s'en vont peuvent encore nous protéger, ne m'abandonne pas, mère nourrice, veille sur moi!

AMAURY, reparaissant et allant au tombeau de Marianne qu'il reconnaît. Il se met à genoux en sanglotant.

Ma mère! ma mère! ma mère!...

JEANNE, à part.

Elle avait un fils!...

AMAURY.

Tu es là, et tu ne m'entends pas!... je ne t'aurai donc jamais vue!... Un autre a reçu ton dernier baiser, un étranger a pris ma place près de ton cercueil!... Oh! mon Dieu! mon Dieu!... (L'Aide-Fossoyeur a interrompu sa besogne pour regarder Amaury; il fait un geste de commisération, puis prend sa brouette et veut s'éloigner. — Amaury se relevant.) Une couronne, je vous prie?

L'AIDE-FOSSOYEUR.

Bien, mon capitaine, bien.

(Il sort.)

AMAURY.

Des fleurs!... qui a pu les mettre sur cette tombe? (Douloureusement.) Qui?... un enfant qui les aura cueillies en riant et les aura jetées de même... le vent... le hasard!... (Il prend une fleur.) N'importe, hasard ou pitié, béni soit le vent qui t'a apportée, douce fleur... bénie soit la main qui t'a déposée au pied de cette humble croix!...

(Il baise la fleur, la remet sur la tombe, s'agenouille et prie. — L'Aide-Fossoyeur revient avec une couronne.)

L'AIDE-FOSSOYEUR.

Voici la couronne.

AMAURY, se relevant vivement.

Ah! donnez!...

L'AIDE-FOSSOYEUR.

Madame, me l'a demandée la première.

(Mouvement d'Amaury.)

JEANNE, prenant la couronne à Amaury.

On vous en donnera une autre, monsieur.

L'AIDE-FOSSOYEUR.

C'est la dernière.

(Amaury reste immobile. L'aide-Fossoyeur sort.)

JEANNE, à part.

Je comprends sa douleur. (Haut.) C'est ma nourrice... ma mère, presque... notre douleur est la même, monsieur.

AMAURY.

La même? Oh! non... regardez... (Montrant la tombe de la nourrice.) Ici, des fleurs, de l'ombrage... (Montrant la tombe de Marianne.) Là, le froid et l'abandon de la mort. . le silence de l'oubli... Votre nourrice est morte dans vos bras, peut-être, et en vous bénissant... le chagrin a tué ma mère et elle est morte désespérée... Vous pourrez chaque jour honorer sa tombe, vous... moi, je suis proscrit, madame... j'ai joué ma tête pour pou voir prier une heure au pied de cette croix et pour baiser la terre où repose ma mère !

JEANNE.

Toutes les douleurs sont sœurs, monsieur... partageons cette offrande.

(Elle partage sa couronne.)

AMAURY, prenant la moitié de la couronne.

Oh! merci!...

(Ils vont chacun à leur tombe. — En ce moment les vitraux de l'église s'éclairent et on entend chanter le Salut, par des voix de femmes avec accompagnement d'orgue. — Pause. — Amaury et Jeanne se relèvent.)

JEANNE.

Le hasard nous a réunis dans une même douleur... Je me nomme Jeanne de Torelli... Quel est votre nom, monsieur?...

AMAURY.

Toute mon histoire est dans ce simple nom gravé sur cette croix noire : Marianne!.. Ombre et mystère. Le fils de celle qui est là n'a pas de nom!.. (Avec amertume.) Ah! si fait... Les pâtres qui m'ont élevé m'appellent Amaury, et les hommes le bâtard de Bergame.

(Mouvement de Jeanne.)

JEANNE.

Je vous ai rappelé de douloureux souvenirs...

AMAURY.

Je ne les avais pas oubliés, madame.

(Pause.)

JEANNE.

Vous êtes soldat?

AMAURY.

J'ai fait mes premières armes en Espagne. J'ai défendu mon drapeau obscurément, mais aussi bravement que j'ai pu.

JEANNE.

Ma vieille nourrice vous eût dit : Vous avez fait votre devoir, il suffit. C'était la femme du peuple dans sa rude franchise. Mon rang, ma fortune, les honneurs dont on m'entourait lui faisaient peur. Elle m'aurait voulu pauvre, ignorée, obscure... « Le bonheur, me disait-elle, s'effraie du bruit des fêtes et » de l'éclat de vos pierreries... il se réfugie dans un coin de » terre, entre le travail et le devoir, dans l'obscurité du si- » lence. »

AMAURY.

L'obscurité? Oh! non!... Je suis obscur, moi, et toute ma vie a été une lutte, une torture. J'ai été proscrit dès mon berceau. J'ai demandé à embrasser ma mère, on a ri de ma prière.. J'ai demandé à assister à son agonie, on a ri de mon désespoir!... l'obscurité! non, l'oubli... l'oubli! non, le néant!

JEANNE.

On vous rendra justice un jour.

AMAURY.

Je n'ai pas eu d'enfance, je n'ai pas de jeunesse ; mon berceau a été arraché à ma mère et confié à des bûcherons, de rudes gens qui me prenaient le matin et m'emportaient au bois... Là, on me couchait dans les herbes... un gros chien veillait près de moi... de temps en temps il grognait pour chassser les loups... lui seul m'aimait... il est mort !...

JEANNE.

Vous n'avez jamais connu votre mère ?

AMAURY.

Jamais ! Plus tard...— La nuit, quand tout dormait, — j'entendais, dans la montagne, mêlé au bruit du vent et au bruissement des feuilles, les pas alourdis d'un homme d'armes... Les pas devenaient sonores... puis une porte s'ouvrait... et l'homme apparaissait couvert d'une armure noire comme les Schwarzreiters, la visière baissée, muet, impénétrable... il déposait une bourse près de moi, et disparaissait.

JEANNE.

Quel était cet homme ?...

AMAURY.

Je l'ignore. Je l'ai revu souvent... c'était la Providence de ma vie... il m'apparraissait dans chaque danger !... « Va de ce côté, me disait-il, ta vie est menacée » J'obéissais. Tantôt il me disait : « Ne reste plus dans cette ville, pars ; va à Florence, va à Milan, va à Venise, où tu voudras, mais pars !... » Je résistais parfois... Il ajoutait : « Ta mère le veut !... » — Ma mère ! — son nom suffisait. — Je sellais mon cheval et partais !

JEANNE.

C'était bien...

AMAURY.

L'homme m'est apparu pour la dernière fois voilà dix jours... Il me prit la main... sa voix tremblait... «Tu es proscrit, me dit-il, tu es proscrit de la Romagne, de Parme, de Plaisance... partout où s'étend l'influence de tes ennemis ; tu risques ta tête en les bravant ; mais ta mère se meurt, va embrasser ta mère !... » J'avais voulu vingt fois risquer ma vie pour ce baiser !... Je partis !... mon cheval dévorait l'espace !... nuit et jour !... tout tourbillonnait autour de nous !... fleuves, plaines, montagnes !... J'espérais devancer la mort !... Ce baiser que j'avais attendu toute ma vie, je voulais le prendre sur les lèvres vivantes de ma mère !... je voulais entendre sa voix pour en garder l'accent !... O désespoir !... j'ai trouvé cette pierre, j'ai trouvé cette croix !...

JEANNE.

Elle était morte ?...

AMAURY, dans un sang'ot.

Sans m'avoir vu, sans m'avoir parlé, sans m'avoir embrassé !...

JEANNE.

Quels sont vos ennemis ?

AMAURY.

J'ignore même leurs noms !...

JEANNE.

Je vous offre ma protection.

AMAURY.

Votre protection ?... non, madame, je porte malheur à ceux qui ne me repoussent pas.

JEANNE.

Je vous offre mon amitié...

AMAURY.

Ah ! que ne puis-je mourir pour vous !...

JEANNE.

Vous êtes proscrit, votre exil cessera... vous êtes soldat, vous prendrez place dans la garde d'honneur du gouverneur de Milan... mon parent... je m'y engage... Oh! ne me refusez pas... c'est au nom de votre mère que je vous impose mes bienfaits?

AMAURY, très ému, s'inclinant les mains jointes.

Oh! madame, madame!

JEANNE.

Au revoir!...

(Jeanne et Bressane s'eloignent.)

SCÈNE IX

AMAURY, seul.

Oh! comme un mot de pitié vous fait vite oublier des années de douleur!... (Tombant à genoux.) O ma mère, est-ce un ange attendri par tes larmes qui vient de m'apparaître, ou est-ce ton ombre qui apris cette forme pour veiller sur moi!... Mère!... mère... réponds-moi!...

(Strubino et César Farnèse reviennent.)

SCÈNE X

CÉSAR FARNÈSE, AMAURY, STRUBINO.

CÉSAR FARNÈSE, bas à Strubino, en montrant Amaury.

Si c'était le fils de Marianne?

STRUBINO.

Il aurait risqué sa tête pour s'emparer des parchemins.

CÉSAR FARNÈSE.

Nous allons voir. (Haut, à Amaury.) Holà! mon gentilhomme?...

SRTUBINO.

Il faut partir, on va fermer les portes...

CÉSAR FARNÈSE.

Dépêchons, votre place n'est pas au pied de cette croix.

AMAURY.

Qu'en savez-vous ?...

CÉSAR FARNÈSE, à part.

Mon adversaire du couvent de San-Felipo. (Haut.) Je vous le dis, il suffit.

AMAURY.

Vous avez interrompu ma prière, monsieur... continuez votre chemin.

CÉSAR FARNÈSE.

Vous ne m'avez pas compris, mon cavalier. Cette place est mienne, je la réclame.

AMAURY.

Votre place ?...

CÉSAR FARNÈSE.

Parbleu ! oui, c'est là tombe de ma mère...

AMAURY, se levant.

C'est la tombe de la mienne, vous mentez !...

CÉSAR FARNÈSE.

Voilà un mot que tout votre sang ne payerait pas. — Votre nom ? ..

AMAURY.

Amaury.

CÉSAR FARNÈSE.

Amaury ?... voilà tout ?...

AMAURY, à part.

Oh !...

CÉSAR FARNÈSE.

Mais ce nom appartient à tout le monde, et tout le monde peut le porter.

3.

AMAURY, à part.

Oh! mère, pourquoi as-tu fait ensevelir avec toi le secret de ma naissance!...

CÉSAR FARNÈSE.

Vous pouvez être tout aussi bien prince ou baron, ou l'un de mes laquais qu'on aurait chassé et que j'honorerai en touchant son épée!

AMAURY, tirant son épée.

Il vous insulte, le lâche, et vous demande votre nom pour se battre! — Mon nom? tu vas le savoir, il est là!

(Il prend une pioche.)

CÉSAR FARNÈSE, à part.

Les parchemins y sont encore.

AMAURY, s'arrêtant au moment de frapper.

Profaner la tombe de ma mère?... Ce sacrilége!... Oh! jamais!...

(Il jette la pioche.)

CÉSAR FARNÈSE, à Amaury.

Eh bien?...

AMAURY, se contenant.

Mon nom? Je m'en ferai un pour te tuer!...

(Il s'éloigne.)

SCÈNE XI

CÉSAR FARNÈSE, STRUBINO, puis L'HOMME D'ARMES.

STRUBINO.

Il est de race, monseigneur.

CÉSAR FARNÈSE.

Bonne chance, mon gentilhomme... (Riant.) Un nom!... (A Strubino.) En attendant, prenons celui qu'il a... A l'œuvre!...

(Strubino ramasse la pioche; ils vont pour briser la pierre et reculent devant l'Homme d'armes, qui est entré et s'est placé devant le tombeau.)

CÉSAR FARNÈSE, à part.

Un homme d'armes !

L'HOMME D'ARMES, immobile.

Les parchemins n'y sont plus.

(Il relève sa visière.)

CÉSAR FARNÈSE, à part.

Lui !

L'HOMME D'ARMES.

Je suis ton frère au même titre qu'Amaury : l'un des trois bâtards que tu as fait disparaître de Plaisance et poursuivis en Italie quinze ans comme des ennemis. Mais la coupe fatale est remplie ; l'heure de la lutte est sonnée : tu ne profaneras pas cette tombe !

CÉSAR FARNÈSE, entraînant Strobino.

Sortons d'ici !..

FIN DU PREMIER ACTE

ACTE DEUXIÈME

Une salle chez Gaston de Torelli. — Porte à droite, deuxième plan. — Porte au fond s'ouvrant sur une galerie qui relie les appartements entre eux. — Une grande table à droite. Une petite porte perdue dans le mur à gauche, premier plan ; une fenêtre au deuxième plan.

SCÈNE PREMIÈRE

JEANNE, MARIE, ÉLÉONORE, MARGUERITE.

(Marie, Éléonore et Marguerite sont assises autour de la table et travaillent à l'aiguille. Jeanne, debout près de la fenêtre, regarde le ciel en rêvant.)

MARIE, bas aux autres, montrant Jeanne.

Elle rêve sans doute au duc?

ÉLÉONORE.

Ou au capitaine Amaury.

MARIE.

Au duc qui est un riche et puissant seigneur, et qui a fait trois visites en trois jours. S'il ne se hâte pas de la demander en mariage, on jasera bientôt.

JEANNE, à part.

Mon étoile n'a pas reparu!... Mon étoile!... je l'appelle ainsi depuis que je connais Amaury... quand elle apparaît, mon âme s'éclaire... J'ai envie de pleurer quand elle s'évanouit.

MARIE, bas aux autres.

Si elle aimait cet aventurier, son père ne lui pardonnerait jamais.

JEANNE, à part, absorbée.

Lui écrire!... mais il ne viendrait pas sans cela... et il aurait raison... il aurait l'air de mendier la recommandation que je lui ai offerte!... — Allons, j'écrirai!

(Elle rentre dans ses appartements.)

MARIE, bas aux autres, après avoir suivi Jeanne des yeux.

Elle aime!... ça se voit : elle rougit ou pâlit sans même qu'on la regarde.

(Gertrude paraît au seuil de la porte du fond, suivie de César Farnèse, de Strubino, de Bressane et de Tartaglia; les jeunes filles se lèvent en entendant annoncer César Farnèse.)

SCÈNE II

LES PRÉCÉDENTS, CÉSAR FARNÈSE, BRESSANE, STRUBINO, GERTRUDE.

GERTRUDE, à Farnèse.

Monsieur le comte est absent. Je vais voir si mademoiselle de Torelli peut en ce moment recevoir Son Altesse.

(Elle sort.)

CÉSAR FARNÈSE, galamment.

Mademoiselle de Torelli doit être bien sûre de sa beauté pour s'entourer ainsi des plus séduisantes filles de l'Italie. (A Bressane.) Où as-tu pris ces yeux-là, friponne?

BRESSANE, lui faisant la révérence.

Dans mes montagnes, monseigneur, à Frésinone.

CÉSAR FARNÈSE, à Marie.

Et tes dix-sept ans?

MARIE, faisant la révérence.

Dix-huit, Votre Altesse.

CÉSAR FARNÈSE, à Bressane, lui montrant Tartaglia.

Tu as troublé le cœur de mon grand panetier.

TARTAGLIA, avec un gros soupir.

Oh ! que oui !

CÉSAR FARNÈSE, prenant le menton à Bressane.

Tu l'entends !

TARTAGLIA, à part.

Ces grands seigneurs, ils ont tous des façons de conqué-rant... Je n'aurais jamais osé pincer le menton à Bressane, moi !

CÉSAR FARNÈSE, à Bressane.

Es-tu au service de mademoiselle de Torelli depuis long-temps ?

BRESSANE.

Dix-neuf à vingt mois, monseigneur. J'arrivais du pays. Un jour, mademoiselle de Torelli passe... elle venait de ses au-mônes... je la suis... — Une autre fois, elle venait de l'é-glise, je la suis encore... mais de plus près... — Enfin vingt fois revue, vingt fois suivie. — Elle était souvent à cheval... alors j'allais en avant, par les chemins de traverse, courant, grimpant, cueillant des fleurs à pleines mains, puis, arrivée à la porte du château, j'attendais ! .. elle arrivait... je jetais mes fleurs sous les pieds de son cheval, et me sauvais !... Un matin, elle me dit : « Entre !... » j'entrai !... voilà comment je suis son esclave et votre servante, monseigneur !...

(Elle lui fait la révérence. — Gertrude revient.)

GERTRUDE, à César Farnèse.

Mademoiselle de Torelli est chez elle.

CÉSAR FARNÈSE, à Bressane.

Annonce-moi, petite sauvage !

(Ils s'éloignent.)

TARTAGLIA, comme se parlant.

Oh! oui, sauvage!... trop sauvage!

STRUBINO.

J'en ai connu une à peu près semblable. J'ai mis deux jours à l'apprivoiser, elle m'a rendu malheureux dix ans.

(Il sort.)

TARTAGLIA, à part, avec un soupir.

Enfin!

SCÈNE III

TARTAGLIA, MARIE, ÉLÉONORE, MARGUERITE.

MARIE.

Monsieur Tartaglia!

TARTAGLIA.

Mademoiselle?

MARIE.

Vous allez nous mettre d'accord.

TARTAGLIA.

Dieu m'en garde! vous êtes les trois Grâces, mais je n'ai pas de pomme à donner.

MARIE.

Le duc recherche mademoiselle de Torelli?

TARTAGLIA.

Je suis muet.

ÉLÉONORE.

Il la recherche en mariage?

TARTAGLIA, touchant ses lèvres.

Un verrou!

MARIE.

Et mademoiselle de Torelli n'est pas insensible à cet honneur!

TARTAGLIA.

Une tombe!

TOUTES LES TROIS, avec impatience.

Oh!

MARIE.

Vous n'êtes ni une tombe ni un verrou quand l'envie vous prend de ridiculiser les autres.

TARTAGLIA.

Moi?...

MARIE.

Vous avez assez ri du seigneur Pandolfo au dernier tournoi... (Mouvement de Tartaglia.) C'est vous qui me l'avez dit!...

TARTAGLIA.

Ah! ça, c'est vrai!... mais aussi figurez-vous, mesdemoiselles... — c'était pour fêter l'avénement de mon maître au trône ducal de Plaisance qu'on donnait ce tournoi, je le sais bien... — mais ce n'est pas en 1622 qu'on imagine un carrousel avec des hommes bardés de fer... c'est d'un autre âge... Mais le seigneur Pandolfo est vieux, il croit se rajeunir en rajeunissant ces vieilleries!

MARIE, bis, à Léonore.

Une bête avec une pointe de malice!...

TARTAGLIA, à Marie.

Vous dites que j'ai de l'esprit, merci... (A toutes.) Enfin, le seigneur Pandolfo tenait la lice quand un inconnu y entra... visière baissée et lance en arrêt... Les combattants prennent le champ et s'élancent l'un sur l'autre... On entend un grand bruit d'armes brisées, et le seigneur Pandolfo vide les étriers et roule sur le sol...

MARIE.

Il était tué?

TARTAGLIA.

Non, mais il avait les quatre fers en l'air. . On demande au vainqueur son nom, il répond : « Amaury! » On lui présente le prix du combat : une magnifique lance de deux mille ducats, ornée d'une écharpe.... Il n'a pris que l'écharpe, figurez-vous.

MARIE, avec importance.

Une écharpe brodée par mademoiselle de Torelli !

TARTAGLIA.

Oui, je sais, elle brode très-bien. Mais deux mille ducats !... il faudrait tricoter bien des points pour remplacer ça, convenez-en. — Enfin, l'écharpe prise, les uns disent qu'il l'a couverte de baisers... d'autres, qu'il se l'est posée sur le cœur... Moi, je n'ai rien vu, je regardais la lance !... Bref, mademoiselle de Torelli avait rougi ; — c'est tout simple... — la figure de son père s'était rembrunie, ses lèvres s'étaient contractées ; — j'avoue que je comprends moins... — chacun était comme mal à l'aise autour d'eux ; — je ne comprends plus du tout... — Quant au vainqueur, il avait disparu... — Comprenez-vous ?

MARIE.

Chut ! le duc !...

(César Farnèse entre ; il a l'air sombre. — Il va s'asseoir sans se préoccuper de personne — Il est suivi de Strabino et de Bressane.)

SCÈNE IV

LES PRÉCÉDENTS, CÉSAR FARNÈSE, BRESSANE.

CÉSAR FARNÈSE, à Tartaglia.

Ma litière ?...

TARTAGLIA, à part.

Le temps est à l'orage.

BRESSANE, bas, à Marie.

Va trouver mademoiselle de Torelli... elle te remettra un

billet que tu porteras sur-le-champ. Si on te questionne, tu diras qu'il est de moi. Va, va !... (Aux deux autres.) Mesdemoiselles, venez !

(Elles sortent.)

SCÈNE V

CÉSAR FARNÈSE, STRUBINO.

STRUBINO.

Monseigneur m'a laissé à la porte... je n'ai rien entendu... mais son entrevue avec mademoiselle de Torelli est écrite en toutes lettres sur son visage... et si Son Altesse le permet, je vais lui dire...

CÉSAR FARNÈSE.

Que pourrais-tu m'apprendre ? que je viens d'être battu comme un sot, c'est vrai... chassé comme un laquais, c'est encore vrai. . (Se levant.) Que veux-tu ? J'ai voulu cacher mes griffes, prendre des façons et des airs à la française, tourner des madrigaux... J'avais affaire à une Espagnole doublée d'Italienne, j'ai été écrasé sous son mépris.

STRUBINO.

Ce n'est donc pas une femme d'esprit comme on le disait ?...

CÉSAR FARNÈSE.

Elle m'a fait un cours d'histoire, Strubino.

STRUBINO.

De France ? .. D'où vous venez ?

CÉSAR FARNÈSE.

Non, de Plaisance où je suis. Elle a fait danser autour de moi tous les fantômes du passé. Les uns me saluaient du nom d'impie ; les autres, d'assassin, d'usurpateur ; tous, de parricide... Enfin, sa science est complète... c'était charmant !... et tout cela, pour avoir mis gracieusement à ses pieds mon repentir et mon cœur; mieux encore, mes espérances; mieux encore, mon ambition.

STRUBINO.

Elle a donc un amant?

CÉSAR FARNÈSE, lui remettant un papier.

En entrant, je l'ai vue froisser ce billet et le jeter loin d'elle en s'écriant : «Non, jamais! » En sortant, elle avait le dos tourné, je l'ai ramassé.

STRUBINO, après avoir lu.

C'est un rendez-vous en bonne forme. L'heure, le lieu, rien n'y manque. Le chemin même est indiqué : cette fenêtre qui donne sur la partie isolée du château.

CÉSAR FARNÈSE.

Donc, j'ai un rival!

STRUBINO.

Auriez-vous des préjugés?

CÉSAR FARNÈSE, absorbé.

Un rival!... Mais qui?...

STRUBINO.

Mais cette lettre est sans adresse... pourquoi ne vous serait-elle pas destinée?

CÉSAR FARNÈSE.

Te l'avouerai-je, Strubino? cette femme était belle dans son dédain.

STRUBINO.

Seriez-vous jaloux?... Ah! tant pis... de la jalousie on va à l'amour, et de l'amour... — Moi, je n'ai jamais demandé aux femmes que ce qu'elles peuvent toujours donner : un peu de pitié et un sourire... monnaie courante du bonheur!

CÉSAR FARNÈSE.

Tu as raison!... Flots changeants que les femmes : les unes vont de l'amour à la haine... celle-là ira peut-être de la haine à l'amour... Je l'épouserai...

(Marie traverse vivement le théâtre.)

SCÈNE VI

Les Précédents, MARIE.

CÉSAR FARNÈSE, arrêtant Marie.

Oh! le bel oiseau effarouché!... et où vas-tu, ma mignonne?...

MARIE.

Une lettre à porter !

CÉSAR FARNÈSE.

Attends donc!... (Il jette un coup d'œil sur la lettre. — Bas a Strubino.) L'écriture de Jeanne, lis l'adresse!... (Jetant sa chaîne an cou de Marie.) Comment trouves-tu ce bijou?

MARIE.

La ravissante chaîne !

CÉSAR FARNÈSE.

Donc ce joyau te plaît?

MARIE.

Il est digne d'une reine.

STRUBINO, bas, à César Farnèse.

Au capitaine Amaury !

CÉSAR FARNÈSE, à Marie.

Je te le donne, va!...

(Marie sort.)

SCÈNE VII

CÉSAR FARNÈSE, STRUBINO.

CÉSAR FARNÈSE.

Amaury!... C'était lui!... lui, mon rival!... mais c'est donc une fatalité qui pousse cet homme dans mon chemin?... Nous sommes d'une famille fatale, capitaine Amaury, prenez garde!

STRUBINO, à la fenêtre.

La litière est en bas, Votre Altesse!

CÉSAR FARNÈSE, à part.

,Jeanne!... Amaury!... (Montrant la lettre.) Une lettre va les réunir, une lettre les désunira... Cette femme me plaît, elle sera à moi. (Haut.) Viens!...

(Ils vont pour sortir, Gaston arrive.)

SCÈNE VIII

LES Précédents, GASTON.

CÉSAR FARNÈSE, à part.

Le comte de Torelli!...

(Il se dirige du côté opposé.)

GASTON, souriant.

Vous nous fuyez, monsieur le duc?...

CÉSAR FARNÈSE.

Du tout... une affaire pressée me réclame au palais... — vous permettez?

GASTON.

Vous êtes ici chez vous, monsieur le duc...

CÉSAR FARNÈSE.

Vous êtes trop bon... au revoir...

(Il sort; Strubino le suit.)

SCÈNE IX

GASTON seul, puis RAYMOND, et ensuite JEANNE.

GASTON, à part.

Une affaire pressée le réclame au palais... — On eût dit un prétexte pour m'éviter... (Appelant.) Raymond!

RAYMOND, paraissant, portant un candélabre allumé qu'il dépose à droite.

Monseigneur?

GASTON.

Où est ma fille?...

RAYMOND.

Mademoiselle de Torelli est chez elle...

GASTON.

Seule?

RAYMOND.

En ce moment, monseigneur. Elle a reçu la visite du duc.

GASTON.

C'est bien.

(Arrive Jeanne. — Raymond sort.)

JEANNE, embrassant Gaston.

Bonsoir, cher père!... votre promenade vous a-t-elle fait du bien?...

GASTON.

Oui... Tu as vu le duc?... que t'a-t-il dit?...

JEANNE.

A moi?...

GASTON, à part.

Qu'a-t-elle donc?... (Haut.) Eh! oui, à toi?

JEANNE.

Oh! rien... des choses banales... (A part.) Ne l'affligeons pas...

GASTON, à part.

Le duc ne t'a pas parlé de nos projets?

JEANNE, lui avançant un fauteuil.

Mais asseyez-vous donc, mon père...

(Gaston s'assied.)

GASTON, à part.

Elle est troublée. (Haut.) Voyons, Jeanne... quand donc te marieras-tu... tes sœurs t'indiquent la place que tu dois prendre par le rang qu'elles occupent?

JEANNE, rêvant.

Oui, Catherine est marquise de Montferrat... Héloïse duchesse de Montmiral... Augusta, la noble et digne compagne du lieutenant général de Milan... mais Madeleine, ma pâle et douce sœur, n'est pas mariée... je ferai comme elle, mon père!

GASTON, sévèrement.

Madeleine!... vous avez eu tort de prononcer ce nom... elle est ma fille devant Dieu, mais devant les hommes je la renie.

JEANNE.

Elle a assez souffert, mon père?

GASTON.

Elle pleure depuis deux ans, c'est bien, qu'elle pleure toute sa vie! Quant au misérable...

JEANNE.

Au misérable qui a osé lever les yeux sur elle... mais ce malheureux est mort de sa douleur... mort de son amour!

GASTON, sombre.

Enfin, il est mort... il suffit!

(Entre Gertrude.)

SCÈNE X

LES PRÉCÉDENTS, GERTRUDE.

GERTRUDE, bas, à Gaston.

Un homme est là, monseigneur, chargé d'un message important qu'il ne veut remettre qu'à Votre Altesse.

GASTON.

Son nom?...

GERTRUDE.

Je l'ignore, monseigneur...

GASTON.

J'y vais !...

JEANNE, l'arrêtant.

Vous nous quittez ?...

GASTON.

Oui...

JEANNE.

Vous ne m'embrassez pas?...

GASTON.

Si fait... le baiser d'un père est une sauvegarde souvent. (Il
l'embrasse) Adieu !...

(Il sort; Gertrude s'est assise au fond et travaille à l'aiguille.)

SCÈNE XI

JEANNE, GERTRUDE, puis BRESSANE.

JEANNE, à part.

Une sauvegarde !... Ce mot m'a bouleversée... Saurait-il que
j'attends... non, il ne m'aurait pas embrassée !...

BRESSANE, entrant ; bas à Jeanne.

On lui a remis le billet... il viendra.

JEANNE.

Ah !...

BRESSANE.

Votre Altesse a-t-elle prévenu dame Gertrude ?...

JEANNE.

Mon père ne m'a pas quittée. (Allant à Gertrude.) Mais il se fait
tard, Gertrude, vous travaillerez demain.

GERTRUDE.

Non, Votre Altesse, le travail distrait, à mon âge.

JEANNE.

Tu m'aimes, n'est-ce pas, Gertrude?...

BRESSANE.

Votre Altesse peut-elle en douter?... Madame Gertrude se jetterait au feu pour elle.

JEANNE, à Gertrude.

Je n'en veux pas tant.

GERTRUDE.

Qu'allez-vous me demander, bon Dieu?...

JEANNE.

J'attends quelqu'un !

GERTRUDE.

Un rendez-vous?...

BRESSANE.

Vous allez nous trahir si vous criez si haut !... Un rendez-vous?... vous n'avez donc jamais eu de rendez-vous, dame Gertrude?... Oh! un rendez-vous !... nous n'en aurions pas parlé, d'abord !

GERTRUDE.

Mais qu'est-ce donc ?

BRESSANE.

Nous serons là, vous et moi... Son Altesse échangera deux mots avec ce jeune homme, et tout sera dit !

GERTRUDE.

Un jeune homme?...

JEANNE.

J'ai à lui remettre une lettre de recommandation pour mon beau-frère, le gouverneur de Milan... Il partira sur l'heure... je ne le reverrai plus.

4

BRESSANE.

Mais vous le connaissez, dame Gertrude... vous l'avez vu au tournoi... C'est le capitaine Amaury?

GERTRUDE.

Le capitaine Amaury?... Vous attendez le capitaine Amaury? Mais César Farnèse a maintenu sa proscription... sa tête sera mise à prix s'il n'a pas quitté Plaisance cette nuit...

JEANNE.

Oh! mon Dieu!

GERTRUDE.

Votre père approuve cet arrêt.

JEANNE.

Mon père!...

GERTRUDE.

Il le hait.

JEANNE.

Lui?

GERTRUDE.

Il se doute de votre amour!

JEANNE.

Mon amour!

GERTRUDE.

Souvenez-vous du page Antonio!

JEANNE.

Antonio!... Que veux-tu dire?... Antonio aimait Madeleine .. il est mort de son amour?...

GERTRUDE, bas.

Il est mort assassiné!...

JEANNE.

Assassiné?...

GERTRUDE.

Plus bas, oh! plus bas, Votre Altesse!...

JEANNE.

Son assassin est donc dans ce château?

GERTRUDE.

Ne cherchez pas!...

JEANNE.

Ah! tu me fais frémir!... Quelle main l'a frappé?... qui donc s'est vengé de lui?... Mon père, peut-être?...

GERTRUDE.

Antonio priait...

JEANNE.

Et pendant ce temps...

GERTRUDE.

Le nom de Madeleine se mêlait à sa prière...

JEANNE.

Oh!...

GERTRUDE.

Les assassins attendaient...

JEANNE.

Tais-toi! tais-toi!...

GERTRUDE.

Ils le laissèrent prier, puis ils le tuèrent sans pitié'...

JEANNE.

Ah! je ne verrai pas Amaury!... Bressane!... tué! tué!... (A Gertrude.) Écoute... non, c'est à Bressane que je veux parler!... (A Bressane.) Écoute... je ne veux pas le voir... Oh! je le connais, il braverait mille morts pour me dire un dernier adieu!... Enfin, qu'il parte!... Tu lui diras ce que tu voudras!... Mais qu'il quitte Plaisance, qu'il s'en aille!... Mais, va donc!... Tu lui diras que je suis absente, va, va!

BRESSANE.

Bien, Votre Altesse!

(Elle sort.)

JEANNE, à part.

Il va croire que moi aussi je le dédaigne, que moi aussi je
l'abandonne!...Oh! n'importe, n'importe!...

(Le couvre-feu sonne.)

SCÈNE XII

JEANNE, GERTRUDE.

JEANNE, respirant.

Ah! le couvre-feu!... L'heure est passée, il ne viendra
pas!... Dieu l'a sans doute averti du danger qui l'atten-
dait!... J'avais comme un poids sur le cœur... (A Gertrude, avec
un sourire triste.) Il ne viendra pas, es-tu contente?...

GERTRUDE, lui baisant la main.

Chère maîtresse!

JEANNE.

Ferme les portes et va te reposer!...

GERTRUDE, à part.

Pauvre enfant!...

(Elle sort après avoir fermé les portes.)

SCÈNE XIII

JEANNE, seule.

La solitude fait du bien!... Ah! ma pensée est avec lui!...
Mon Dieu, veillez sur ce jeune homme qui a vécu comme
un étranger dans sa patrie, et qui s'en va seul, sans même un
souvenir... Mon Dieu, faites-lui un secret de mon cœur, un
mystère de mon âme, pour que son absence lui soit moins pé-
nible et son exil moins lourd... (Amaury escalade la fenêtre; il s'arrête
en apercevant Jeanne.) Mon Dieu, mon Dieu, vous êtes la Providence et l'appui de l'orphelin, la consolation du proscrit... il
n'a que vous, mon Dieu! ayez pitié de lui!...

SCÈNE XIV

AMAURY, JEANNE.

AMAURY, à part.

Elle m'aime! elle m'aime!...

JEANNE, se retournant.

Ah!... ah! c'est lui!...

AMAURY, avec bonheur, et n'osant approcher.

Madame!...

JEANNE.

Mon Dieu! comment êtes-vous ici?... Que vous a dit Bressane?... Vous vous perdez!

AMAURY.

Eh! qu'importe!... Mon sang, jusqu'à sa dernière goutte, ma vie, jusqu'à sa dernière heure, valent-ils cette larme de pitié qui mouille vos yeux, ce cri de désespoir échappé de votre cœur!

JEANNE, à part.

Je me suis trahie!...

AMAURY.

Ah! j'étais fou de maudire les hommes et de douter de Dieu!... Je m'en allais désespéré, et vous étiez là, priant pour moi; vous pleuriez sur ma vie; vous me suiviez de la pensée!

JEANNE.

Je prie pour tous ceux qui souffrent, monsieur Amaury. Vous êtes orphelin, vous êtes proscrit, je vous ai donné la première place dans ma prière, voilà tout.

AMAURY.

Voilà tout?...

JEANNE.

Que pouviez-vous espérer de plus?...

4.

AMAURY.

Rien, rien!... (A part.) C'était de la pitié !

JEANNE, à part.

Je l'ai humilié !...

AMAURY.

Dieu m'entend, je n'ai jamais espéré, moi... (s'efforçant de sourire.) Je me fais l'effet de ce pauvre qui rougissait de ses haillons... ou de cet autre à qui une grande dame avait jeté un écu d'or en passant... Il ne s'était jamais trouvé à pareille fête. le pauvre homme ! Il saisit la main de sa bienfaitrice... y déposa un baiser !... La grande dame retira sa main avec dégoût... C'était justice !... Elle ne demandait pas, elle donnait !. . Je ressemble à ce pauvre, madame... vous me faites l'aumône de votre pitié, et vous vous effrayez de ma reconnaissance... Adieu !

JEANNE, vivement.

Monsieur Amaury!... voici ma lettre... le gouverneur de Milan vous recevra en ami.

AMAURY.

Merci. (A part.) Elle ne m'aime pas! (Haut.) Et, si je ne partais pas, cependant?...

JEANNE.

Mais ce serait la mort!

AMAURY.

Votre père me livrerait à César Farnèse, n'est-ce pas?... et comme rebelle et manant, je serais pendu au premier arbre du chemin, n'est-il pas vrai?

JEANNE.

Taisez-vous, taisez-vous !

AMAURY.

Je reste ! (Mouvement de Jeanne.) Oh! rassurez-vous, il ne viendra à l'esprit de personne que vous ayez pu même tolérer ma présence... Je serai un proscrit qui cherchait un asile... un misérable qui mendiait votre protection, voilà tout!

JEANNE.

Partez !

AMAURY.

Partir !... Ah ! Dieu vous garde des soleils étrangers !... On n'est pas moins mort enseveli dans l'oubli de l'exil qu'au froid linceul de la tombe : Ci-gît, sous cette pierre, c'est bien, il ne reviendra plus... ci-gît dans l'exil, c'est bien il a disparu !... Ah ! vivre loin de ceux ou de celle pour qui l'on voudrait mourir... n'avoir plus le bruit de ses pas dans le cœur... le souffle de sa voix dans l'air... un mot qu'elle jette, ne plus l'entendre... un regard qu'elle donne, ne plus le voir... non, ce n'est pas la vie, c'est la mort... c'est l'ombre, le fantôme, le spectre !

JEANNE.

Vous blasphémez.

AMAURY

Mais qu'importe, quand cet homme c'est moi ! mais ce bâtard a un cœur, mais ce paria a une âme !... et vous avez cru qu'on pourrait lui sourire sans qu'il ait rêvé de ce sourire... lui parler sans qu'il se souvienne de cette voix... folle !... et vous avez cru... — oh ! vous l'avez cru ! — dans cette joute, que j'avais retrouvé tout à coup mes forces après tant de fatigue... ma volonté de combattre, parce que j'étais soldat, et qu'il y avait de la gloire à gagner... non !... j'ai combattu parce que vous étiez là !

JEANNE.

Taisez-vous !...

AMAURY.

J'ai vaincu parce que vous me regardiez, et que le prix du triomphe était une écharpe brodée par vous, une écharpe qui parlait de vous, une écharpe que vos lèvres avaient touchée peut-être !

JEANNE, à part.

Oh ! mon Dieu !

AMAURY.

Comprenez-vous que je vous aime, maintenant ! vous avez mêlé vos larmes aux miennes... C'était une larme de pitié, je le veux bien, mais cette larme de pitié devenait un océan

d'amour pour moi!... Oh! si vous pouviez savoir comme on
croit vite au bonheur!... Je me suis jeté tête baissée dans
mon rêve sans voir l'abîme qu'il cachait!... Oui, je vous aime!

JEANNE.

Oh!...

AMAURY.

Je me donne cette âpre volupté de jeter à vos dédains ma
jeunesse et mon cœur à briser!... Brisez-les avant que la mort
ne les ai rendus insensibles! Oh! la mort, douce sœur des dés-
espérés!... Mais vos dédains s'arrêteront devant ma tombe,
et vos mépris se changeront peut-être en regrets!... Voilà,
pourquoi je reste!...

JEANNE.

Amaury, votre mort me tuerait!

AMAURY, avec joie.

Ah!

JEANNE.

Partez! partez!...

AMAURY.

Oui! oui. (Lui baisant les mains.) J'emporte toute une vie de
bonheur!... adieu! adieu!... (Il va à la fenêtre et recule aussitôt.)
Ah!

JEANNE.

Quoi donc?

AMAURY.

Taisez-vous!... (Il regarde.) Des hommes sont en bas... des
hommes armés!

JEANNE.

Par ici! par ici...

AMAURY, essayant d'ouvrir.

Fermée!... nous sommes trahis! (Indiquant le fond.) Où conduit
cette porte?

JEANNE.

Ah! j'avais oublié!... oui, on peut fuir par là!...

(Amaury s'élance vers le fond.)

GASTON, en dehors.

Ouvrez! ouvrez!

JEANNE, arrêtant Amaury.

Mon père!...

AMAURY.

Oh! mon sang et ma vie à celui qui la sauverait!

(Un homme masqué entre par la petite porte.)

SCÈNE XV

LES PRÉCÉDENTS, L'HOMME MASQUÉ.

L'HOMME MASQUÉ.

J'accepte!...

AMAURY, avec joie.

Ah! (A Jeanne.) Adieu!...

GASTON, en dehors.

Ouvrez! ouvrez!...

L'HOMME MASQUÉ, à Amaury.

Passez, je vous suis!...

(Amaury sort, l'homme masqué referme la porte.)

JEANNE.

Que faites-vous?

L'HOMME MASQUÉ.

Je vous sauve!...

(Il ôte son masque.)

JEANNE.

César Farnèse!

GASTON, en dehors.

Enfoncez cette porte.

CÉSAR FARNÈSE.

Remettez-vous. (A part.) Mes coups d'audace m'ont toujours réussi.

(Il ouvre la porte du fond. Gaston, suivi d'hommes d'armes et de domestiques, paraît.

SCÈNE XVI

LES Précédents, GASTON, Suite, puis BRESSANE.

GASTON, à part.

On ne m'avait pas trompé!

CÉSAR FARNÈSE, à part.

Voilà ce que j'appelle jouer sa vie sur un coup de dés, ou je ne m'y connais pas.

GASTON, à part.

Non, pas de sang, pas de meurtre... c'est assez du passé. (A César Farnèse.) Vous auriez en vain essayé de fuir, toutes les issues sont gardées.

JEANNE, à part.

Ah! mon Dieu!

GASTON.

Raymond, vous transmettrez les ordres que je vous ai donnés. J'entends qu'il soient exécutés sur-le-champ.

RAYMOND, montrant Bressane qui entre, portant sur un coussin un voile de mariée et une couronne comtale.

C'est déjà fait, monseigneur.

(Il sort.)

JEANNE.

Quels sont ces ordres, mon père? (Gaston lui montre Bressane.) La couronne comtale des Torelli que portait ma mère le jour de son mariage?

GASTON.

Oui.

JEANNE.

Son voile de mariée?

GASTON.

Oui!... (A Bressane.) Faites.

(Jeanne va tomber assise près de la table)

BRESSANE, bas, attachant le voile et la couronne.

Pourquoi ce voile?

JEANNE.

Je ne sais.

BRESSANE, achevant.

Oh! ma pauvre maîtresse!...

JEANNE, se levant.

Vous êtes obéi, mon père!

CÉSAR FARNÈSE, à part.

Elle est charmante ainsi.

GASTON, à César.

Monsieur le duc, ma chapelle est prête; l'aumônier attend; Torelli peut s'allier à Farnèse; veuillez offrir la main à mademoiselle Jeanne de Torelli, votre femme.

JEANNE, reculant.

Sa femme!...

CÉSAR FARNÈSE, présentant sa main à Jeanne.

Madame!...

JEANNE.

Votre femme, moi!

CÉSAR FARNÈSE, bas.

Vous vous perdez.

JEANNE, à Gaston, en se jetant à ses genoux.

Mon père, je suis innocente!

GASTON, d'une voix sourde.

Malheureuse, vous avez encore l'audace du mensonge!

JEANNE.

Mon père, écoutez, écoutez!...

GASTON.

Mais ce n'est pas le hasard qui m'a conduit ici... Mais j'accourais avec la terreur de ma honte, avec la certitude de mon déshonneur!... Ah! taisez-vous!... Voyez plutôt! (Il lui montre une lettre.) L'heure, le lieu, tout y est!...

JEANNE, à part.

Cette lettre!... qui a pu me la prendre?... (Elle regarde César Farnèse, dont elle surprend le sourire.) Ah!... c'est lui!

GASTON.

Dans une heure vous seriez la risée de la ville, et je ne veux pas qu'on rie d'une fille de ma maison.

JEANNE.

Mais cet homme, c'est César Farnèse!

GASTON.

Pourquoi est-il ici?

JEANNE.

Mais cet homme entasse sur son front l'exécration de l'Italie... Mais il a pris Plaisance d'assaut... mais il a livré la ville au pillage... mais il s'est armé contre son père, et son père est mort en le maudissant!

GASTON.

N'est-il pas votre amant?... Allons, obéissez, obéissez!

JEANNE, se tordant les mains.

Mon Dieu, mon Dieu! (A César Farnèse.) Mais dites donc que je suis innocente, monsieur... Mais dites donc que vous êtes ici malgré moi, à mon insu, que je ne vous ai jamais aimé et ne vous aime pas... mais dites-le donc, monsieur, dites-le donc!...

CÉSAR FARNÈSE, bas, à Jeanne.

Je veux bien... mais je dirai aussi toute la vérité, et il n'est pas si loin qu'on ne puisse l'atteindre.

JEANNE, désespérée.

Oh!...

CÉSAR FARNÈSE, à Jeanne.

Il faut être conséquente, chère enfant.

JEANNE, bas.

Eh bien ! lui et moi, moi et lui, parlez !...

CÉSAR FARNÈSE, bas.

Soit !

(Bruit au fond. — On amène Amaury.)

SCÈNE XVII

LES Précédents, AMAURY, RAYMOND.

JEANNE et GASTON, à part.

Amaury !

CÉSAR FARNÈSE, à part.

Cela se complique !...

RAYMOND, à Gaston, en montrant Amaury.

Monseigneur, on vient d'arrêter cet homme ; il essayait de franchir les murs du château.

GASTON, à Amaury.

Que fais-tu ici ?...

AMAURY.

Je cherchais un asile.

GASTON.

Toi ?

AMAURY.

J'ai pensé que vous étiez comte et baron, que la tête d'un homme, fût-ce celle d'un rebelle, ne pouvait être vendue et livrée par vous... Je me suis peut-être trompé.

(Mouvement de Jeanne vers Amaury.)

GASTON, bas à Jeanne, en la retenant par la main.

Restez !... (D'une voix sourde.) Quel est celui de ces deux hommes qui se dévoue à l'autre ?... Voyons, ne pâlissez pas tant si vous voulez dissimuler votre honte...

5

JEANNE.

Vous me torturez, mon père!

GASTON.

Je vous torture?... Eh bien! je veux mettre fin à votre supplice. Un seul de ces deux hommes peut aspirer à votre main et devenir mon gendre. Quant à l'autre... Ah! prenez garde, ne marchandez pas plus longtemps la réhabilitation de mon nom que vous avez flétri... Prenez garde, ne trahissez pas cet homme par un regret, ne le dénoncez pas par une larme, ne le livrez pas à ma colère par un regard, ou je le fais tuer à coups de piques, sous vos yeux!...

JEANNE, avec épouvante.

Ah!

AMAURY, à part.

Pourquoi est-elle si pâle?

(Pause.)

JEANNE, à César Farnèse.

Voici ma main, monsieur le duc.

AMAURY, à part.

Sa main!...

BRESSANE, à part.

Ma pauvre maîtresse!

CÉSAR FARNÈSE, à part.

La partie est gagnée.

GASTON, à Amaury.

Vous êtes libre. (A tous.) Place au duc, place à la duchesse Farnèse.

(Ils sortent.)

AMAURY.

Mariée! (Tombant sur un fauteuil au fond.) Mon Dieu! mon Dieu!...

FIN DU DEUXIÈME ACTE

ACTE TROISIÈME

La grande salle de la forteresse de Plaisance. Fenêtres, premier plan, à droite. — Petites portes dérobées, deuxième plan, à droite et à gauche. — Grandes portes aux troisièmes plans, trois portes au fond.—A gauche, grande table chargée de papiers, un sablier, un timbre, encrier, plumes. — Un brasero, près de la table. — Grand fauteuil ducal ; autres siéges.

SCÈNE PREMIÈRE

TARTAGLIA, seul.

J'ai voulu avouer mon amour à Bressane... j'ai ouvert la bouche... j'ai cligné des yeux... j'ai fait des gestes... mais je n'ai pas trouvé un mot... pas un!... Ah! voilà ce que c'est d'avoir passé sa vie à maugréer et à blasphémer... à crier : tue ou meurs!... à vivre avec des loups et à hurler comme eux... Le jour où l'on cherche son cœur, on a l'air d'un imbécile qui pêcherait à la ligne dans un tonneau... (Soupirant.) Ah!... et ce dont j'enrage le plus, c'est que je ne maigris pas... et que je suis toujours gras et rose... mais il y a des gens comme ça : ils souffrent toutes les misères du bon Dieu et ils engraissent. (Passe un page portant sur un plateau un pâté et un flacon de vin.) L'encas du duc!... (Portant la main à son estomac.) C'est singulier comme l'amour ressemble à la faim ; on s'y tromperait. — L'encas du duc!... qu'est-ce que ça peut être ?... (Il va prendre la bouteille et le pâté dans l'armoire.) Pâté d'anguille! du lacryma-christi! Bah! on ne s'en apercevra pas... (Il s'assied et met le pâté entre ses jambes, la bouteille à son côté, mange et boit.) Oh! les femmes... on meurt pour elles et elles ne s'en doutent pas. Voyez la duchesse! encore un joli couple! Elle se barricade chez elle toutes les nuits! et ce n'est pas pour rire... Elle se tuerait net si son mari entrait.

(La porte du fond s'ouvre brusquement, Poggio et les Routiers paraissent.)

SCÈNE II

TARTAGLIA, POGGIO, Les Routiers.

POGGIO, aux Routiers.

Eh! entrons... entrons, parbleu!...

(Ils entrent)

TARTAGLIA, mangeant; à part.

Ah! ah! les chefs des routiers.

POGGIO, à Tartaglia.

Où est César Farnèse ?

TARTAGLIA, la bouche pleine.

Monseigneur le duc, vous voulez dire? il dort.

POGGIO, furieux.

Le duc! le duc!... quand l'Espagne lui mettra le pied sur la gorge, nous verrons si sa couronne ducale l'empêchera d'être étranglé. Va lui dire que nous sommes là.

TARTAGLIA.

Comme vous y allez, vous!... Eh! bien, et l'étiquette donc! C'est l'affaire du chambellan.

(Il mange.)

PREMIER ROUTIER.

Tu manges, toi?

TARTAGLIA.

Mais oui.

PREMIER ROUTIER.

Et du pâté d'anguille... Tu n'es pas dégoûté, vrai Dieu!

TARTAGLIA, à pa t.

Pourvu que l'envie d'en goûter ne lui vienne pas! On n'a pas besoin de voir clair pour manger... (il se précipite dans le cabinet.) Bonjour...

PREMIER ROUTIER, t pant sur la porte.

Il se barricade, le goinfre !

(Entre Strubino.)

SCÈNE III

LES PRÉCÉDENTS, STRUBINO.

STRUBINO.

Ah ! c'est vous. Je vous ai devinés au vacarme que vous faites. Vous avez réveillé le duc, vantez-vous-en !

POGGIO.

Le duc a tort de prendre avec nous des airs de roi. Nous voulons notre paye ; on nous renvoie de jour en jour, nos hommes murmurent, nous ne sortirons d'ici qu'avec la solde de nos troupes.

PREMIER ROUTIER.

J'ai trois cents reîtres, moi !

DEUXIÈME ROUTIER.

Moi, mes routiers gascons !...

POGGIO.

On sait le nombre de mes hommes. Allons, de l'argent !

TOUS.

Oui, de l'argent, de l'argent !

(César Farnèse entre.)

SCÈNE IV

LES PRÉCÉDENTS, CÉSAR FARNÈSE.

CÉSAR FARNÈSE.

Quels sont ces cris ?... Prend-on mon palais pour une

ville assiégée? (Murmures des Routiers. — A Strubino.) Je viens de recevoir les députations de Guastalla et de Borgo... ils se soumettent. Va leur porter cette coupe de ducats d'or : je paye les dégâts que j'ai pu faire, va.

POGGIO, aux Routiers.

Des ducats d'or !...

CÉSAR FARNÈSE.

Je m'assure les bourgeois ainsi.

(Le page sort avec Strubino.)

SCÈNE V

CÉSAR FARNÈSE, LES ROUTIERS, POGGIO.

POGGIO, bas, aux Routiers.

Il paye... il a donc de l'argent, on nous avait trompés.

CÉSAR FARNÈSE, aux Routiers, avec hauteur.

Vous réclamez votre paye, je crois?

POGGIO.

Nous, monseigneur?... mais...

CÉSAR FARNÈSE.

Vous pouvez passer chez mon trésorier.

POGGIO.

Monseigneur...

CÉSAR FARNÈSE.

C'est votre droit. Mais j'ai aussi les miens, messieurs. N'oubliez jamais où vous êtes et qui je suis. Cela dit, allez, je vous licencie.

LES ROUTIERS.

Nous licencier... nous?

CÉSAR FARNÈSE.

Sur-le-champ...

POGGIO.

Voyons, Votre Altesse... nous avons eu tort... pardonnez-nous... Nous ne voulons plus d'argent... Vous nous payerez quand vous voudrez?...

TOUS.

Oui! oui!...

(Strubino revient et reste au fond.)

CÉSAR FARNÈSE.

Allons, je pardonne!... (Il leur jette une bourse.) Tenez, buvez à ma santé!... (Tirant l'oreille de Poggio.) Mauvaise tête!...

(Ils sortent en s'inclinant profondément.)

SCÈNE VI

CÉSAR FARNÈSE, STRUBINO.

CÉSAR FARNÈSE.

Ils sont encore meilleurs qu'on ne croit.

STRUBINO.

Le roi d'Espagne vous a donc prêté ses galions?

CÉSAR FARNÈSE.

Ah! ne ris pas. Pour rassurer les uns et tranquilliser les autres, j'ai donné jusqu'à mon dernier ducat.

STRUBINO.

Mais s'ils vous avaient pris au mot?

CÉSAR FARNÈSE.

J'aurais été quitte pour les faire étrangler, voilà tout!... Ah! mes rêves, mon ambition qui chancellent faute d'un sac d'écus!.. Ah! l'argent, l'argent!

(Donato entre.)

SCÈNE VII

Les Précédents, DONATO.

DONATO.

Eh ! bonjour !...

CÉSAR FARNÈSE.

Sois le bien venu, Donato... Comment ! toi si matin ?... tu viens donc d'une orgie?

DONATO.

Je pars ; je viens te faire mes adieux.

CÉSAR FARNÈSE.

Toi?... et où vas-tu ?

DONATO.

Où mes chevaux voudront, je leur mets la bride sur le cou. Mon médecin m'ordonne les voyages... ça me fouettéra le sang... depuis trois jours j'étouffe... Puis, j'aime mieux la France que l'Italie... Enfin, je pars !... et toi, que deviens-tu ?

CÉSAR FARNÈSE.

Tu vois, je deviens prince souverain.

DONATO.

J'ai vendu mes terres. Bien vendues, du reste : deux cent mille ducats.

STRUBINO, à part.

Un joli denier !

DONATO.

J'emporte mes objets d'art, deux de mes coupes florentines, ma vaisselle plate, et voilà. Allons, adieu ! (Ils s'embrassent. — Revenant.) Ah !... un conseil en passant, veux-tu ?

CÉSAR FARNÈSE.

Tu es le seul homme en qui j'ai foi, parle?

(Donato le prend à l'écart.)

DONATO.

Tu sais... (Il s'interrompt et commence une promenade avec César.) tu sais que je suis parent de Gonzague.

STRUBINO.

Il n'a pas confiance en moi... le sot!

(Il sort.)

SCÈNE VIII

CÉSAR FARNÈSE, DONATO.

DONATO.

Je suis proche parent du gouverneur de Milan. Je connais ses secrets. Eh bien! ménage l'Espagne... ou plutôt soumets-toi... Les Espagnols sont campés à deux heures de Plaisance... voici une plume, écris; c'est urgent, crois-le bien. Tes troupes ne sont pas même payées. Quand tu te sentiras puissant et fort, tu lèveras le masque; voyons, écris, écris.

CÉSAR FARNÈSE.

Tu as raison.

(Il écrit.)

DONATO, à part.

Il est sauvé!

CÉSAR FARNÈSE.

Est-ce cela?

DONATO, se penchant pour lire.

C'est cela.

CÉSAR FARNÈSE, cachetant, et frappant sur un timbre. — Strubino entre.

Au gouverneur de Milan.

(Strubino sort en examinant soigneusement la lettre.)

5.

DONATO.

Je pars content. Tu avais près du gouverneur un ennemi acharné, le capitaine Amaury.

CÉSAR FARNÈSE.

Je le sais !...

DONATO.

Il a fait vite son chemin. Protégé par Odoardo, presque l'ami de Gonzague, il a la confiance de Philippe IV. Ses hauts faits justifient sa faveur. On l'aime, on l'admire ; et même dans tes États, il ne serait pas prudent d'y toucher ouvertement. Je te dis cela en passant.

CÉSAR FARNÈSE.

La duchesse !

(Jeanne et Bressane passent.)

SCÈNE IX

Les Mêmes, JEANNE, BRESSANE.

CÉSAR FARNÈSE, à Jeanne, en lui présentant Donato.

Madame... le comte Donato Sanvitalli, mon ami !...

JEANNE, saluant froidement.

Monsieur le comte !...

DONATO, saluant.

Madame...

JEANNE.

C'est aujourd'hui mon jour d'aumônes, monsieur, veuillez m'excuser.

(Elle salue et sort; Bressane la suit.)

SCÈNE X

DONATO, CÉSAR FARNÈSE.

DONATO.

Elle n'a pas l'air d'aimer tes amis, ta femme ?

CÉSAR FARNÈSE,

Quelle idée !

DONATO.

Es-tu heureux ?

CÉSAR FARNÈSE.

Très-heureux.

DONATO.

Ah'... mais on dit pourtant que tu n'as pas encore franchi le seuil de ses appartements... qu'un malheur en résulterait si tu osais le tenter... Est-ce vrai ?

CÉSAR FARNÈSE, lui serrant la main.

C'est vrai !... elle me hait !... J'en ai ri d'abord, mais je ne ris plus !... Je l'aime d'un amour farouche à la fois et soumis !... J'ai l'air d'un lion qu'elle dompte d'un regard !... Son dédain m'écrase ; ses silences me tuent !... J'aimerais mieux sa colère !... Mais non ! tu l'as vu !... l'œil glacé, le geste froid, la parole amère !... Enfin, comment vas-tu ?

DONATO.

Assez mal, je te l'ai dit.

CÉSAR FARNÈSE.

C'est vrai... pardon !... Allons, adieu !... sois heureux !... (Le reconduisant.) Cet amour sera mon châtiment !

DONATO.

Bah ! les femmes sont si bizarres, qu'il faut toujours prendre le contraire de ce qu'elles font : la duchesse finira un jour par t'adorer.

CÉSAR FARNÈSE.

Adieu !

(Donato sort. — Strubino revient par la porte latérale.)

SCÈNE XI

CÉSAR FARNÈSE, STRUBINO,

CÉSAR FARNÈSE, s'asseyant à la table et parcourant les papiers.

Allons, aux affaires !

STRUBINO, suivant Donato des yeux.

Ce bon seigneur Donato !... (A César Farnèse.) On ne peut pas être gratifié d'une tête plus disposée que la sienne à éclater d'apoplexie. Elle est fichée entre ses épaules comme un pétard.

CÉSAR FARNÈSE, tout en parcourant les papiers.

Et tu ris ?

STRUBINO.

Parfaitement, monseigneur. Je rirai toujours d'un homme ainsi constitué, qui s'en ira seul en voyage avec deux cent mille ducats dans ses coffres... Deux cent mille ducats !... ce ne serait excusable que si nous voyagions avec lui ; qu'en pensez-vous ?

CÉSAR FARNÈSE.

Les dépêches ?

STRUBINO.

Je vous les apportais, monseigneur... (S'accoudant sur la table.) au besoin, on pourrait l'empêcher de partir ?

CÉSAR FARNÈSE.

Tu me fais horreur ! (Tout en parcourant les dépêches.) Tu tues pour tuer !... Tu ne te laverais même pas les mains après un meurtre !

STRUBINO.

Monseigneur se parfumerait les siennes, lui, c'est possible !... avec cette somme, pourtant, Votre Altesse pourrait se tirer d'affaire ?

CÉSAR FARNÈSE, décachetant les dernières dépêches.

C'est un ami.

STRUBINO, raillant.

Oui, l'amitié !... Mais un sot n'est l'ami de personne !... Enfin, n'est-ce pas souverainement ridicule qu'on s'en aille bêtement en France ou en Espagne manger deux cent mille ducats avec des drôlesses qui lui voleront même son suaire.

CÉSAR FARNÈSE, se levant.

C'est un ami, te dis-je ! (On entend un bruit de voix en dehors.) Quel est ce bruit ?... Une révolte, peut-être !

STRUBINO.

Une révolte ! (Il se précipite vers la fenêtre, regarde, puis revient en souriant.) C'est singulier comme dans de certains moments la moindre des choses vous émeut... Ce n'est rien... c'est un homme évanoui ou mort qu'on apporte dans le palais.

CÉSAR FARNÈSE.

Va voir.

(Strubino sort.)

SCÈNE XII

CÉSAR FARNÈSE, puis STRUBINO.

CÉSAR FARNÈSE, seul.

Oui, dans de certains moments un rien vous trouble, c'est vrai... l'âme semble avoir perdu son équilibre !... Et l'on nous croit heureux... l'on nous croit puissants !... pauvre espèce humaine !... (Strubino revient.) Eh bien, te voilà radieux et rayonnant ?

STRUBINO.

Pardieu ! monseigneur, je rayonne comme un homme qui vient de trouver deux cent mille ducats et qui vous les apporte !... Je ne sais pas si le bon Dieu est pour vous, mais à coup sûr le diable vous protége : c'est le comte Donato !

CÉSAR FARNÈSE.

Donato ?...

STRUBINO.

Je vous avais bien dit qu'il ne verrait pas ses cheveux blanchir.

CÉSAR FARNÈSE.

Mort ?

STRUBINO.

Foudroyé d'une attaque d'apoplexie!.., Ça se voyait sur son
visage... Enfin, ses mules sont dans la cour, ses gens gardés
à vue; le corps a été transporté dans la salle basse; voici
l'inventaire des valeurs qu'il emportait.

(Il lui remet un parchemin.)

CÉSAR FARNÈSE.

Sa mort doit être encore secrète, va !

SCÈNE XIII

CÉSAR FARNÈSE, seul, dépliant le parchemin, le parcourant des yeux.

Vaisselle d'argent... coupes et vases d'or... pierreries... plus,
deux cent mille ducats!...Oh! je suis sauvé!..sauvé! sauvé!...
Le cœur de l'homme est un abîme!... J'aurais cru pleurer sa
mort, et c'est à peine si je peux maîtriser ma joie!

(Strubino accourt.)

SCÈNE XIV

CÉSAR FARNÈSE, STRUBINO.

STRUBINO, entrant.

Monseigneur!... monseigneur!...

CÉSAR FARNÈSE.

Qu'as-tu donc? Pourquoi es-tu si pâle?

STRUBINO.

Un malheur...

CÉSAR FARNÈSE.

Que veux-tu dire?

STRUBINO,

Donato !...

CÉSAR FARNÈSE.

Quoi ?

STRUBINO.

On lui plaçait les mains en croix sur la poitrine...

CÉSAR FARNÈSE.

Eh bien ?

STRUBINO.

Il a tressailli... il vit !

CÉSAR FARNÈSE.

Il vit ?

STRUBINO.

Comme vous et moi !

CÉSAR FARNÈSE.

Remets-toi, tu te trompes, il est mort !

STRUBINO.

Mort ?... mais dans dix minutes il viendra vous serrer la main.

CÉSAR FARNÈSE.

Il est mort.

STRUBINO.

Mais, Votre Altesse ne me comprend pas... mais...

CÉSAR FARNÈSE, lui serrant le bras.

Il est mort.

STRUBINO, s'inclinant,

J'ai compris...

(Il sort.)

SCÈNE XV

CÉSAR FARNÈSE, puis STRUBINO.

CÉSAR FARNÈSE, seul.

Ce n'est pas moi, c'est la fatalité qui le tue !... Enfin, du calme !... (Marchant à grands pas.) Deux cent mille ducats, c'est plus qu'il ne faut pour payer mes troupes et ravitailler mes forteresses!... Mon ambition est une roue de bronze, elle tourne elle écrase, est-ce ma faute?... Enfin, mes soldats seront payés!...

VOIX, au dehors.

Vive le capitaine Amaury!

CÉSAR FARNÈSE.

Amaury!... On accueille cet homme comme on accueille-rait un prince souverain!...

LES VOIX, au dehors, plus rapprochées.

Vive le capitaine Amaury, vive le capitaine Amaury!

(Strubino entre.)

STRUBINO, à César Farnèse.

C'est fait!... Remettez-vous... on vous apporte la réponse du gouverneur.

LE PAGE, annonçant.

Le capitaine Amaury.

(Amaury entre.)

SCÈNE XVI

CÉSAR FARNÈSE, AMAURY, SUITE, STRUBINO.

AMAURY, à part.

Sa vue ranime et soulève ma haine.

CÉSAR FARNÈSE.

Je vous écoute, parlez.

AMAURY.

Votre soumission est acceptée.

CÉSAR FARNÈSE.

Ma soumission!... Ah pardon, j'oubliais... Continuez.

AMAURY.

Au nom de Sa Majesté Philippe IV, le gouverneur de Milan

veut bien vous pardonner pour la troisième fois. Mais voici à quelles conditions?

CÉSAR FARNÈSE.

Je les accepte d'avance.

AMAURY.

Vous vous êtes allié au roi de France, c'est un tort. Vous porterez la Toison d'or et refuserez l'ordre de Saint-Michel?

CÉSAR FARNÈSE.

C'est un honneur que Sa Majesté me fait.

AMAURY.

Vous licencierez vos troupes.

CÉSAR FARNÈSE.

Je le ferai.

AMAURY.

Vos forteresses seront gardées par vos gens et par les hommes du roi.

CÉSAR FARNÈSE.

A merveille.

AMAURY, à part.

Il accepterait même son déshonneur, le misérable!... (Haut.) Vous n'êtes pas duc souverain, vous ne battrez pas monnaie ..

CÉSAR FARNÈSE

Soit!...

AMAURY.

Enfin, dans ce palais, Donato Sanvitalli vient de mourir. Son cadavre est encore dans une des salles basses. Il porte au cou d'évidentes traces de violence... Je n'accuse pas, je constate un fait. Donato emportait deux cent mille ducats que je réclame au nom du lieutenant général de Milan, son plus proche parent!...

CÉSAR FARNÈSE.

Ah!...

AMAURY.

Veuillez donner, je vous prie, l'ordre de me faire remettre cette somme?...

CÉSAR FARNÈSE.

Le roi me traite en rebelle?...

AMAURY.

J'attends.

CÉSAR FARNÈSE.

Et si je refusais?

AMAURY.

Essayez...

CÉSAR FARNÈSE.

Ce serait la guerre, n'est-ce pas?...

AMAURY.

Pourquoi non?...

CÉSAR FARNÈSE.

La guerre?... (Avec emportement.) Eh bien, soit... Ah! pas un
mot de plus!... Oui, la guerre! Voilà deux heures que j'étouffe
d'indignation et de colère!... Ah!-c'est là votre traité de paix!...
Violer mon toit, licencier mes troupes, livrer mes forteresses...
Mais pourquoi pas un échafaud, où j'irais moi-même porter
ma tête!

AMAURY.

Je...

CÉSAR FARNÈSE.

Taisez-vous, vrai Dieu!... Vos rois d'Espagne, je les hais...
Votre roi Philippe surtout!... Roi misérable qu'Olivarès conduit!... Et moi, Farnèse, je serais le vassal de cela! Vassal de
cet homme! vive Dieu, non!... Oh! la mort plutôt!... Je mourrai
du moins debout dans mon indépendance et mon mépris!...
Voilà ce que tu peux dire à ton maître, esclave... Voilà ce que
tu peux crier à ton roi, bâtard!... Tu peux partir.

AMAURY, avec une colère sourde et contenue.

Non, je peux parler... L'envoyé a sa réponse, l'homme attend la sienne : Je me suis fait un nom, je me nomme
Amaury, seigneur de Bergame, comte de Lodi... Peux-tu me
rendre raison maintenant?

CÉSAR FARNÈSE, raillant.

Raison, à vous... moi duc de Plaisance?.

AMAURY.

Duc, tu es un infâme et un lâche!

CÉSAR FARNÈSE, se contenant.

En vérité?

AMAURY, de même.

Tu es un infâme, parce que sans pudeur tu t'es glissé au rendez-vous de deux âmes pures, et que tu as fait de leur chasteté une honte, de leur pureté un crime; et que tu as écrasé sans pitié une pauvre femme, qui a mieux aimé se taire que de racheter son honneur au prix de la vie d'un homme!... Oh! je le sais... je le devine du moins... et je te le répète : tu es un infâme et un lâche!

CÉSAR FARNÈSE.

Continuez.

(Il va s'asseoir.)

AMAURY.

Lâche! lâche! lâche!...

CÉSAR FARNÈSE, s'asseyant.

Vous vous répétez, monsieur.

AMAURY.

Tu ne veux pas d'un duel d'homme à homme... Ce sera donc un duel d'armée à armée... Au revoir, César Farnèse, au revoir.

(Il sort, ses gardes le suivent; on ferme les portes du fond.)

SCÈNE XVII

CÉSAR FARNÈSE, STRUBINO.

CÉSAR FARNÈSE, se levant.

Oh! J'étouffais!... Oui, la guerre... (A Strubino.) Eh bien, que dis-tu de cela?

STRUBINO.

Je dis que monseigneur a laissé échapper de certaines paroles qui ne devraient pas sortir de ses États.

CÉSAR FARNÈSE.

Tu es de bon conseil, cet homme mourra !

STRUBINO.

Son escorte est de vingt hommes.

CÉSAR-FARNÈSE.

Tu m'en choisiras autant : vingt contre vingt et Dieu pour tous !

STRUBINO.

Une lutte publique ?

CÉSAR FARNÈSE.

Non : nous les attendrons dans le bois ; nous serons masqués !

STRUBINO.

Pour ne rien laisser au hasard, je prendrai quarante hommes.

CÉSAR FARNÈSE.

Je les commanderai moi-même !... (On entend du bruit dans le cabinet.) Il y a là quelqu'un !... quelqu'un qui sait mon secret !

STRUBINO.

Il n'aura pas le temps de le révéler !

(Il se précipite dans le cabinet et revient en poussant Tartaglia devant lui.)

SCÈNE XVIII

LES PRÉCÉDENTS, TARTAGLIA.

STRUBINO.

Arrive ici, drôle, arrive !

TARTAGLIA, à part.

Je suis perdu s'ils se doutent que j'écoutais!

STRUBINO.

Que faisais-tu là?

TARTAGLIA, se frottant les yeux comme un homme qu'on vient de réveiller.

Moi?... (Bâillant.) Ah!... Je rêvais cuisine!... (Regardant Strubino.) Ah! c'est toi... Eh bien, le diable t'emporte de m'avoir réveillé ainsi en sursaut.

(Il bâille.)

CÉSAR FARNÈSE, s'avançant.

Tu dormais?

TARTAGLIA.

Monseigneur était là!... Ah! mille pardons, Votre Altesse, mille pardons!

CÉSAR FARNÈSE.

Tu ne m'as pas répondu.

TARTAGLIA.

Je vais le faire, monseigneur...

CÉSAR FARNÈSE.

Conscience troublée, conscience coupable!

TARTAGLIA.

Je l'avoue!

(Mouvement de Strubino que César Farnèse contient d'un geste.)

CÉSAR FARNÈSE, à Tartaglia.

Tu m'espionnais?

TARTAGLIA.

Oh! monseigneur!... Mais monseigneur connaît mon vice... J'aime manger, et à bien manger... Je dirai toute la vérité, au risque de me faire chasser... Je suis un goinfre, un sac-à-vin!... En entrant ici tout à l'heure, je vois rangé dans ce cabinet l'encas de monseigneur... Je n'ai pas réfléchi que monseigneur n'avait peut-être pas déjeuné... Je me suis enfermé pour n'être pas dérangé... J'ai bu le vin et mangé le pâté ; puis je me suis endormi comme un pourceau !...Voilà, monseigneur !

CÉSAR FARNÈSE, bas à Strubino.

Tout cela me semble possible.

STRUBINO.

À moi aussi, Votre Altesse.

CÉSAR FARNÈSE.

Puis-je me fier à lui ?

STRUBINO.

Il vous a toujours été dévoué et fidèle.

CÉSAR FARNÈSE, à Tartaglia.

Approche. Tu connais le capitaine Amaury ?

TARTAGLIA.

Oui, monseigneur.

CÉSAR FARNÈSE.

De la plate-forme du château, tu pourras surveiller tous ses mouvements. Maintenant, retiens bien mes paroles.

TARTAGLIA.

Oui, monseigneur.

CÉSAR FARNÈSE.

Tu donneras deux sons de trompe au moment où l'on sellera les chevaux...

TARTAGLIA.

Oui, monseigneur...

CÉSAR FARNÈSE.

Trois quand le capitaine posera le pied dans l'étrier...

TARTAGLIA, à part.

Les misérables ! et ils le tueront après ! (Haut.) Oui, trois quand on sellera les chevaux, et deux... Non, deux au moment du départ, et trois quand le capitaine mettra le pied à l'étrier... Ma langue avait tourné !

CÉSAR FARNÈSE, à Strubino.

Ma cotte de mailles... (A Tartaglia.) J'attendrai le signal ici !

TARTAGLIA

Oui, monseigneur, oui !

(Ils sortent.)

SCÈNE XIX

TARTAGLIA, seul.

Ils sont partis !... Oh! ils le tueront !... Mais c'est tout simplement affreux, ça !.. Et moi qui ai choisi cette maison pour
manger et dormir tranquille !... Me voilà leur complice... Oh !
ça y est... et avec une conscience qui bat déjà la campagne !...
Eh bien! non, je ne participerai pas à ce crime... non, non !...
(Jeanne arrive du fond avec Bressane.) La duchesse !

SCÈNE XX

TARTAGLIA, JEANNE, BRESSANE.

JEANNE, pâle et troublée.

Ah! Bressane, pourquoi m'as-tu fait passer par cette salle
basse ?... Le comte Donato !... lui, qui me parlait là, ici, tout à
l'heure... mort !

BRESSANE, en frissonnant.

Il avait comme un cercle noir autour du cou !...

JEANNE.

Ah! tais-toi, tais-toi !... (A elle-même.) Et il m'a parlé tout à
l'heure ?...

TARTAGLIA, bas, à Bressane.

Écoutez, Bressane, écoutez.

(Il lui parle bas.)

JEANNE.

Oh! palais sinistre! maison maudite !... Oh! voilà mes ter-
reurs de toutes les heures, mes épouvantes de tous les instants !

BRESSANE, poussant un cri.

Ah!

JEANNE, se retournant.

Quoi donc?

BRESSANE.

Madame, on veut le tuer!

JEANNE.

Qui?...

BRESSANE.

Le capitaine Amaury!...

JEANNE.

Le tuer?...

TARTAGLIA.

Nous le sauverons, madame!

JEANNE.

Le sauver!... mais il est donc en danger?... mais il était donc ici?

TARTAGLIA.

Le duc s'est retiré avec Strubino pour s'armer... Ils ont résolu sa mort!

JEANNE.

Ah! mon Dieu! mon Dieu!... Mais il a une escorte?

BRESSANE.

Le duc en aura une plus forte!

TARTAGLIA.

Quarante hommes déterminés, qu'il commandera lui-même!

BRESSANE.

Ils lui tendront une embuscade...

TARTAGLIA.

Sur un signal convenu avec moi : Deux sons de trompe au moment du départ, trois quand le capitaine posera le pied dans l'étrier.

JEANNE.

Tu ne donneras pas ce signal !...

TARTAGLIA.

Je me perdrai sans le sauver, madame !

JEANNE.

Mon Dieu ! mon Dieu !... (A Tartaglia.) Combien d'heures d'avance faudrait-il au capitaine pour qu'il fût hors de danger ?

TARTAGLIA.

Son corps d'armée est campé à dix lieues de Plaisance.

JEANNE.

Une heure suffirait-elle ?

TARTAGLIA.

Oui, madame.

JEANNE.

C'est bien !... (A Bressane.) Va dire au duc que je veux lui parler.

BRESSANE.

Mais, que lui direz-vous ?

JEANNE.

Dieu m'inspirera !... (A Tartaglia.) A ton poste, toi !

TARTAGLIA.

Oui, madame !... (A part.) Je suis entré ici au service du duc, et me voilà contre lui !... N'importe !

(Il sort.)

SCÈNE XXI

JEANNE, BRESSANE.

JEANNE, à elle-même.

Une heure, je l'aurai ! (A Bressane.) Tu es encore là ?... Qu'attends-tu ?... Mais va, va donc ?

6.

BRESSANE.

Madame !

JEANNE.

Je ne veux pas qu'Amaury meure !

BRESSANE.

Vous vous trahirez ?...

JEANNE.

Eh ! que m'importe ! Que trahirai-je enfin ?... Mon cœur ?... mais mon silence, mais mon dédain l'ont déjà trahi !... Ah ! cette haine que je contiens, cet amour que le devoir me fait une loi d'étouffer, je voudrais le crier au monde entier... à cet homme, surtout !

BRESSANE.

Du calme, ma bonne maîtresse, du calme !..

JEANNE.

Oui, tu as raison !... Oh ! sois tranquille, je serai calme !... aussi bien, j'ai besoin de tout mon sang-froid, de toute ma prudence pour le sauver !... Va me chercher la lettre qu'on m'a apportée de Milan ce matin.

BRESSANE.

Madame la duchesse l'a placée dans son livre d'Heures.

JEANNE.

C'est juste !

BRESSANE, bas.

Le duc !

(César Farnèse paraît dans le fond.)

JEANNE.

Laisse-nous ! (Bressane sort. — Se retournant.) Ah ! c'est vous, monseigneur... Mais entrez, entrez donc !

SCÈNE XXII

CÉSAR FARNÈSE, JEANNE.

CÉSAR FARNÈSE.

Vous ne me fuyez donc plus, madame !

JEANNE.

Vous voyez! (Montrant la lettre.) Vous permettez... c'est une lettre d'Augusta, ma sœur, que je reçois à l'instant... mais asseyez-vous donc... plus près, monseigneur.

CÉSAR FARNÈSE, allant à elle.

Ah! Jeanne!... Ah! je commence à espérer mon pardon!... Croyez-moi, le repentir et l'amour sont possibles même dans une âme sauvage comme la mienne. Je suis d'une famille farouche, j'en conviens; mais c'est à Dieu qu'il faut s'en prendre, à Dieu qui nous a pétris de bronze et de fer dans cet ardent pays d'Italie où l'air fouette les passions, où le soleil brûle le sang! Jeanne, je vous aime!

JEANNE, se levant.

Je suis bien malheureuse!

CÉSAR FARNÈSE.

Vous?... votre sœur vous a-t-elle fait part de la mort de l'un de vos proches parents?

JEANNE.

Non.

CÉSAR FARNÈSE.

Alors, souriez, madame... votre destinée est assez belle! — (Jeanne brûle la lettre.) Que faites-vous?

JEANNE, brûlant la lettre.

J'ai promis à ma sœur d'anéantir ses lettres... Vous ne m'en voulez pas?

CÉSAR FARNÈSE.

Moi?... Dieu m'en garde, madame... — mais que contenait cette lettre... vous avez pâli en la lisant?... — êtes-vous sous le coup d'un malheur?

JEANNE, soupirant.

S'il ne s'agissait de moi!

CÉSAR FARNÈSE.

Que de vous?... et de qui vous parle-t-on?... de moi peut-
être?

JEANNE.

Philippe IV est injuste envers vous, monseigneur?

CÉSAR FARNÈSE.

Philippe IV?... mais que renfermait donc cette lettre...
voyons dites-le-moi, madame, je vous en prie?

JEANNE.

Je trahirais ma sœur.

CÉSAR FARNÈSE.

En vous taisant, vous trahissez l'homme dont vous portez le
nom. (Avec fierté.) Oh! c'est quelque chose, madame, que le
nom des Farnèse... (s'adoucissant.) Mais pardon... je vais essayer
de deviner... Cette lettre vous a révélé une trahison... un
complot contre moi peut-être... une crise et un danger pour
mes États?...

JEANNE.

Vous n'êtes pas aimé, monseigneur!

CÉSAR FARNÈSE.

Qu'importe, pourvu que je sache par qui je suis haï!...
Votre destinée est attachée à la mienne, d'ailleurs!.. Voyons,
parlez... parlez, je le veux!...

JEANNE, à part.

Ce signal se fait attendre!...

CÉSAR FARNÈSE.

Eh bien?...

JEANNE, comme prenant une résolution.

Eh bien! le roi d'Espagne vient de conclure un traité of-
fensif et défensif avec Odoardo Farnèse.

CÉSAR FARNÈSE.

Odoardo Farnèse!

JEANNE.

Par l'entremise de votre secrétaire...

CÉSAR FARNÈSE.

Lui?... Ah! le traître!...

JEANNE.

Plus un traité secret avec les ducs de Modène et de Toscane...

CÉSAR FARNÈSE.

Vraiment?

JEANNE.

On leur abandonne une part dans vos domaines.

CÉSAR FARNÈSE, marchant à grands pas.

Ah! l'on se partage mes dépouilles!...

JEANNE, à part, en écoutant.

Rien encore!

CÉSAR FARNÈSE, de même.

Je tomberai, mais de si haut, que j'en entraînerai plus d'un dans ma chute!

JEANNE, à part, écoutant.

Rien, rien!

CÉSAR FARNÈSE, de même.

Mon agonie du moins sera terrible!... (On entend le son du cor. S'arrêtant.) Ah!...

(Il écoute; Jeanne aussi. — On sonne du cor une seconde fois.)

JEANNE, à part.

Le signal!

CÉSAR FARNÈSE.

Enfin!... Ah! une ligue contre moi!... En attendant, je tiens l'un de leurs favoris, il ne m'échappera pas!

JEANNE, le retenant.

Ce n'est pas tout! On cherchera à s'emparer de votre personne!

CÉSAR FARNÈSE.

Que l'on essaye !

JEANNE, le retenant.

On achètera à prix d'or vos compagnons d'armes !

CÉSAR FARNÈSE.

Je les payerai bien !

JEANNE.

On cherche un moyen... une intrigue pour vous attirer loin de vos amis... loin de votre palais... loin du camp.

CÉSAR FARNÈSE.

Qu'avez-vous dit?...

JEANNE.

Dans un piége, enfin !... et là, vous seriez fait prisonnier ou massacré !

CÉSAR FARNÈSE.

Oui, comme Pierre Farnèse, notre aïeul !...

(On entend sonner trois fois du cor.)

JEANNE, à part.

Il part !...

CÉSAR FARNÈSE, en prenant son épée.

Mais n'importe, j'irai, j'irai !

JEANNE, le retenant.

Vous ne demandez pas le nom de ceux qui vous ont trahi !... Comment, pour un rendez-vous... un rendez-vous d'amour, peut-être... vous, prince et ambitieux, vous vous abandonnez au hasard de la fortune... vous vous livrez pieds et poings liés à la trahison?... Je ne vous parle pas de moi, que vous laissez à la merci de vos ennemis.

CÉSAR FARNÈSE.

Mes ennemis?... des ennemis, ici, dans ce palais?...

JEANNE.

Moins haut, monseigneur! (confidentiellement.) Votre lieutenant lui-même.

CÉSAR FARNÈSE.

Strubino?

JEANNE.

Poggio, Montefiore.

CÉSAR FARNÈSE.

Cela devait être!... (a Jeanne.) En êtes-vous bien sûre, au moins?

JEANNE.

Augusta m'a prévenue.

CÉSAR FARNÈSE.

Ah! pourquoi avez-vous détruit cette lettre!... et vous me le jurez?...

JEANNE.

Sur ma vie!...

CÉSAR FARNÈSE.

Sur votre vie?... Ah! prenez garde, madame!

JEANNE.

Sur ma vie!...

CÉSAR FARNÈSE.

Je courais sottement après une vengeance quand j'en avais dix sous la main! Ah! tudieu, messieurs, en fait de trahison et de ruses, vous êtes encore en nourrice!...

JEANNE, à part.

Le tigre est alléché par le sang, Amaury est sauvé!

CÉSAR FARNÈSE, de même.

Ah! ils veulent jouer à ce jeu avec moi... moi le fils de Ranuzzio Farnèse!... J'accepte la partie, messieurs, j'accepte!...
(Il se met à la table et écrit.)

JEANNE, à part, écoutant.

On n'entend plus le pas des chevaux... Dans cinq minutes

ils auront quitté la ville, et dans une heure Amaury sera libre... libre et sauvé!... Une heure!...

(Elle retourne le sablier.)

CÉSAR FARNÈSE, se retournant.

Que faites-vous!

JEANNE.

Je retourne le sablier, monseigneur... (S'appuyant sur le dossier du fauteuil de César Farnèse.) Oh! les petites pattes de mouche!... Tous les grands hommes écrivent mal, dit-on!

CÉSAR FARNÈSE.

Vous me flattez?

JEANNE.

Je me demande où pouvait aller Votre Seigneurie tout à l'heure?

CÉSAR FARNÈSE, à part.

Serait-elle jalouse?... (Haut.) Tout à l'heure?... mais j'allais m'occuper de la fête de ce soir... Une fête que je donne à mes soldats!...

JEANNE.

Et ce chiffon de papier que vous dissimulez?.. A qui est-il destiné?

CÉSAR FARNÈSE.

Ce n'est certes pas à une femme... je suis trop ébloui de votre beauté pour rien voir au delà quand vous me parlez... (Il lui baise la main.) C'est l'ordre d'arrêter les traîtres, voilà tout.

JEANNE, prenant doucement le papier de ses mains.

Voyons?... (Tout en lisant elle regarde le sablier. A part.) L'heure avance... (Haut.) Vous êtes un homme de résolution!... (A part.) l'heure passe!... (Haut.) de haute résolution!... (Pliant la lettre.) Vous ne m'avez pas encore remerciée, monseigneur.

CÉSAR FARNÈSE.

Je suis un ingrat.. je n'ai songé qu'à ma vengeance...

Mais me voilà à vos pieds... C'est mon pardon que je vous demande ?...

JEANNE, à part.

L'heure est passée, il est sauvé !...

CÉSAR FARNÈSE.

Jeanne, je m'accuse du fond du cœur... Cette fois, me pardonnez-vous ?...

JEANNE, cherchant à se dominer.

Moi ?

CÉSAR FARNÈSE.

Oh! dites, dites ?...

JÉANNE.

Eh, sans doute !... Je m'étais mis en tête de vous voir suppliant, mains jointes, à deux genoux devant moi... Vous y voilà, restez-y, je vous pardonne.

CÉSAR FARNÈSE, se levant.

Je suis joué !

JEANNE.

Vous l'avez dit !...

CÉSAR FARNÈSE.

Madame !...

JEANNE, déchirant le papier.

Voyez comme il est facile de vous armer contre des innocents!

CÉSAR FARNÈSE.

Ah! prenez garde, vous m'avez juré !...

JEANNE.

Sur ma vie !... prenez-la !...

CÉSAR FARNÈSE.

Vous saviez mes projets contre Amaury ?

JEANNE, avec dédain.

Quand cela serait ?...

CÉSAR FARNÈSE.

Vous avez voulu le sauver?...

JEANNE.

Oui !

CÉSAR FARNÈSE.

Vous l'aimez encore?

JEANNE.

Je te hais!

CÉSAR FARNÈSE, furieux.

Malheureuse!... (Se contenant.) Ah! tu as voulu le sauver...
Eh bien, haine contre haine!... Oh! je l'atteindrai!... fût-ce
dans les entrailles de la terre, fût-ce en enfer, je l'atteindrai!... La vengeance des Farnèse marche comme la foudre;
adieu! (Il sort.)

JEANNE, seule.

Pourquoi ai-je peur?... Sa conviction m'effraie!... mais,
non; le désir de la vengeance l'aveugle!... s'il allait le rejoindre, pourtant!... Ah! tout mon sang se glace!... serait-ce
possible, mon Dieu! Amaury se défendrait, d'ailleurs! (Se laissant
tomber dans un fauteuil.) Ah! quelle horrible journée!... (Regardant
du côté de la fenêtre.) Mais que vois-je?... en face, dans mon oratoire... — Ah! je deviens folle! (Elle regarde.) Disparu!... — Oui,
c'est une vision!... ce ne peut pas être lui!

(Elle se dirige vers la porte de droite, et recule devant Amaury qui entre.)

SCÈNE XXIII

JEANNE, AMAURY.

JEANNE, reculant.

Amaury !

AMAURY, froidement.

Oui, moi!... J'ai laissé continuer mon escorte; je suis revenu. Bressane a eu pitié de moi, elle m'a caché dans votre
oratoire, d'où j'ai tout vu par cette fenêtre!... (Il montre la fenêtre

d'en face.) Dieu m'est témoin que j'avais risqué ma vie pour vous dire un dernier adieu... Mais, quand je vous ai vue là, radieuse, souriante, épiant les paroles de cet homme, cherchant dans ses yeux un sourire... et que je vous ai vue penchée sur ce fauteuil, comme une amante attendrie... je me suis dit que j'avais assez souffert et que j'allais vous le dire... que je vous méprisais et que je vous le dirais !

JEANNE.

Ma conscience est en paix !

AMAURY.

En vérité ?... Au fait, vous avez un jour rencontré un pauvre proscrit pleurant sur la tombe de sa mère... et le malheureux qui ne croyait plus à la pitié s'est ému de vos paroles... il a oublié même sa mère pour mieux vous aimer... et vous l'avez raillé, dédaigné, méprisé : vous avez la conscience en paix, vous avez raison, madame !

JEANNE, à part.

Oh !

AMAURY, continuant.

Que vous demandait-il ?... rien !... un mot pour l'aider à vivre... un sourire pour éclairer sa vie !... Vous avez voulu le combler de vos promesses et de vos serments !... Ne crains rien, lui disiez-vous... tu peux partir !... Oui, pars sans crainte, car je t'aime !... et vous êtes la femme d'un autre !... Vous avez la conscience en paix, vous avez raison, madame !...

JEANNE, le retenant.

Ah ! vous ne me quitterez pas ainsi, je suis moins coupable que vous ne croyez !

AMAURY.

Je ne crois rien, madame; on vous a forcée à cet hymen ! votre cœur m'est resté fidèle, et si quelqu'un souffre ici, c'est vous, je le veux bien !

JEANNE, perdant la tête.

Je vais tout vous dire, Amaury ! (A part.) Que vais-je faire ? Ce serait lui dire que je l'aime... et je ne m'appartiens plus !

AMAURY.

Vous vous taisez, vous voyez !

JEANNE.

Je veux être seule, laissez-moi !

AMAURY.

Mais vous n'aurez donc pas une parole de regret ?

JEANNE.

Vous auriez pu me tuer, vous ne l'avez pas fait, partez !...

AMAURY.

Vous ne m'avez jamais aimé ! (Il va pour sortir et se trouve en face de César Farnèse, qui attend immobile sur le seuil de la porte du fond.) Ah !

JEANNE, à part.

Il est perdu !

SCÈNE XXIV

LES PRÉCÉDENTS, CÉSAR FARNÈSE.

CÉSAR FARNÈSE, à Amaury.

Vous êtes le bienvenu, monsieur !

AMAURY, à part.

Elle est perdue !...

CÉSAR FARNÈSE, à Amaury, en montrant Jeanne, à voix basse.

Une jolie tête à faire tomber, n'est-ce pas ?

AMAURY.

La duchesse est innocente, monsieur... Sur mon honneur, elle est innocente !

CÉSAR FARNÈSE.

Vous auriez mauvaise grâce à dire le contraire.

JEANNE, à part.

Nous mourrons ensemble, du moins!

CÉSAR FARNÈSE, à Jeanne, en lui montrant Amaury.

Une belle tête à abattre, n'est-il pas vrai, madame?

JEANNE.

Monsieur le duc, vous en aurez deux! Je l'aime!...

FIN DU TROISIÈME ACTE

ACTE QUATRIÈME

Une salle à manger très-riche. Au fond, une large porte s'ouvre sur des vignes formant tonnelles et se prolongeant à droite et à gauche ; on aperçoit le ciel à travers les treilles. — A droite, un immense dressoir chargé des vins les plus exquis, d'amphores, de coupes de fruits. — Des fleurs et des lumières partout. — Portes latérales ; celle de gauche est ouverte et laisse deviner une chambre attenante très-riche et très-éclairée aussi.

SCÈNE PREMIÈRE

POGGIO, CÉSAR FARNÈSE, LES DEUX ROUTIERS, STRUBINO, AMAURY, BRESSANE, MARIE, TARTAGLIA, DES SEIGNEURS, DES HOMMES D'ARMES, DES FILLES DE SERVICE EN BACCHANTES, UN NÈGRE.

POGGIO, entrant à la cantonade.

Non, assez, assez !... on ne mange pas ici, on engloutit ! (Se retournant et apercevant le dressoir.) Bon, de Charybde en Scylla... Un festin doublé d'orgie.

(Entre César Farnèse, suivi de ses convives et d'Amaury.)

CÉSAR FARNÈSE, une coupe à la main.

Tu l'as dit ! (A tous.) Nous sommes dans la salle des Vignes... on ne mange plus, on boit ! Je vous ai promis une fête païenne... J'ai emprunté ses bacchantes à la Grèce, comme à la France et à l'Espagne leurs meilleurs vins !

STRUBINO, levant son verre.

Tous les chemins mènent à Rome, tous les vins à l'ivresse ! à boire !

(Des Bacchantes accourent avec des amphores et leur versent à boire.)

AMAURY.

Un festin royal, monsieur le duc!

BRESSANE, bas à Amaury, en passant.

Ne buvez que des vins que je vous verserai!

TARTAGLIA, à part, en montrant les Bacchantes.

Puisque nous sommes en pleine Mythologie, je suis Tantale, moi, et j'ai soif!

(Il se met à l'écart, et boit.)

DEUXIÈME ROUTIER, prenant Bressane par la taille.

Eh! sandédis, voilà une fille charmante!... (A César Farnèse.) Le printemps et l'amour chantent dans ses yeux.

CÉSAR FARNÈSE.

Tu trouves?... Eh bien! je te la donne.

TARTAGLIA, à part.

Il la donne!

BRESSANE, à César Farnèse, en lui faisant la révérence.

Monseigneur est trop bon, je me reprends.

TARTAGLIA, à part.

Attrape!

CÉSAR FARNÈSE, à Bressane.

Qu'est-ce à dire?

BRESSANE.

Je ne suis pas un meuble.

TARTAGLIA, à part, riant.

Ah! ah! ah!

CÉSAR FARNÈSE.

Si je voulais que tu le fusses!

BRESSANE.

Monseigneur est le maître... mais je me mettrais des roulettes aux pieds pour m'en aller plus vite.

(On rit.)

TARTAGLIA, à part.

Elle a réponse à tout.

CÉSAR FARNÈSE, aux convives, en riant.

Voyez-vous ça !... (A Bressane.) Mais tu as donc de l'esprit ?

BRESSANE, faisant une révérence.

Ça se gagne, monseigneur !

TARTAGLIA, à part.

Comme elle vous tourne tout cela ! (Imitant Bressane et faisant une révérence.) Ça se gagne ! (Réfléchissant.) Mais c'est une bêtise... je ne m'en suis jamais aperçu, moi.

(César Farnèse s'est mêlé à un groupe où Poggio pérore.)

BRESSANE, bas à Tartaglia, en montrant le Nègre.

Ne perds pas ce page de vue... le duc lui a souri d'une certaine façon, tout à l'heure, qui m'a fait frémir !

CÉSAR FARNÈSE, à Poggio en riant.

Là, vrai, tu es absurde, mon bon Poggio. (A tous.) Tenez une histoire... elle a l'avantage d'être vraie et d'être invraisemblable à la fois.

STRUBINO.

Non... les histoires ont cela d'abrutissant, qu'elles ne commencent jamais par la fin.

CÉSAR FARNÈSE.

La mienne est courte. Je donne cette coupe d'or à celui d'entre vous qui en devinera le dénoûment. (Tout le monde s'assied; les Bacchantes forment avec les convives divers groupes.) Un homme encore jeune, duc et prince souverain, entre une nuit chez sa femme et trouve un aventurier avec elle... Comment finit l'histoire ?

TARTAGLIA, bas, à Bressane.

Sa propre aventure !... Qu'est-ce que cela veut dire, Bressane ?...

BRESSANE.

Rien de bon, Tartaglia, rien de bon !

CÉSAR FARNÈSE, à tous.

Eh bien ?

POGGIO.

Comment finit l'histoire ?...

(Il boit.)

BRESSANE, leur offrant à boire.

Du vin de Chypre ?...

TARTAGLIA, de même.

Du vin de Reims ?...

DEUXIÈME ROUTIER, après avoir bu.

Eh ! saudis !... L'amant fit sauter le mari par la fenêtre ?

CÉSAR FARNÈSE.

Tu n'y est pas.

POGGIO.

Le mari s'est constitué juge et partie, et les a fait tuer l'un et l'autre ?

CÉSAR FARNÈSE.

Encore moins.

STRUBINO.

Il sauta au coup de son rival en le remerciant de l'avoir débarrassé de sa femme !...

CÉSAR FARNÈSE.

Pas même cela.

AMAURY.

Eh ! mon Dieu, non !... Le mari consentit généreusement à épargner sa compagne à la condition de disposer à son gré de la vie de son rival... Ce pacte fait, il l'invita à souper et l'empoisonna, voilà tout.

STRUBINO, buvant.

Histoire sinistre, dénoûment mesquin !

AMAURY, se levant.

Non pas! le mari était expert en torture. Sa colère touchait
à l'imbroglio. Il faisait de la vengeance comme d'autres font
des poëmes. Il frappait ou pardonnait comme les poëtes tra-
giques sauvent ou tuent leurs héros. Il songeait au public, il
visait à l'effet.

CÉSAR FARNÈSE, buvant.

Bravo, bravo!...

AMAURY, continuant.

Donc il entoura sa victime de fleurs, de chants; il l'enivra
de vins exquis... On apercevait le ciel bleu et les dernières
étoiles de la nuit; l'air était parfumé; le bonheur de vivre
était partout; l'alouette chantait déjà... et il fallait mourir!...
et il est mort au milieu de cette fête de la vie, tandis que
l'autre l'épiait... épiait ses défaillances, surveillait son agonie,
s'enivrait de son dernier soupir!... Ce n'était pas une mort,
c'en était mille. (A César Farnèse.) N'est-ce pas cela, monsieur le
duc?

CÉSAR FARNÈSE, lui donnant une coupe.

Vous avez gagné. — (Tout le monde se lève, et part.) Je mesurerai
ma vengeance à ton orgueil.

STRUBINO, bas, à César Farnèse.

On peut toujours boire sans danger?

CÉSAR FARNÈSE.

Bois, tu as la vie dure.

STRUBINO, à part.

L'aimable homme! (A César Farnèse.) Je ne goûterai que des
vins que vous boirez. (A la Bacchante qui vient lui offrir du vin, en montrant César Farnèse.) A tout seigneur tout honneur! (La Bacchante verse
à César Farnèse. — Strubino, rassuré.) Ah! (A la Bacchante.) Verse, mon
bijou! verse, ma belle! verse, mon ange!

(Sur un geste de César Farnèse, le Nègre va prendre une amphore et court à Amaury à
qui il verse du vin; Dressane n'a pas pu le devancer, retenue qu'elle est par un bu-
veur.)

BRESSANE, à part,

Trop tard !

(Dès ce moment elle ne quitte plus Amaury des yeux; elle surveille, elle épie tous ses mouvements, elle cherche le moment où elle pourra lui enlever la coupe empoisonnée.)

CÉSAR FARNÈSE, levant son verre.

A l'amour !

STRUBINO, pouffant de rire.

Oh ! l'amour !... Aux femmes !

BRESSARION.

Au bonheur !

AMAURY.

A la mort !... (Mouvement.) Oui, la mort !... Vous demandez de bien vivre, je demande de bien mourir.

CÉSAR FARNÈSE, à Amaury,

A votre santé !

AMAURY.

A la vôtre, monseigneur !

(Il va pour boire; Bressane se précipite vers lui, lui arrache la coupe et lui en donne une autre.)

BRESSANE.

Vous n'avez pas encore goûté de ce vin, capitaine... il est excellent... buvez, vous verrez !

CÉSAR FARNÈSE, à part.

A-t-elle deviné mes projets ?... voudrait-elle le sauver ?... (Bas, à Strubino.) Va me chercher la petite clef d'or que tu sais.

STRUBINO, lui montrant une clef qu'il porte à son cou.

Vous l'avez, monseigneur.

CÉSAR FARNÈSE.

Bien. (Haut.) Une dernière libation en l'honneur du roi... (A Amaury.) du vôtre, capitaine. (A tous.) Nouvelles libations, nouveaux vins !... (A Amaury.) J'ai là d'excellents vins d'Auxerre, capi-taine... Ouvrez cette armoire... nous servirons tous deux d'échansons pour fêter plus dignement votre maître. (Il lui donne la clef d'or. — Aux convives.) Auxerre est le vrai vin des rois, comme dit la chanson !

BRESSANE, bas, à Amaury.

Ce doit être un piége, n'ouvrez pas !

CÉSAR FARNÈSE, à Amaury.

Vous hésitez ?...

AMAURY, souriant.

Moi ?... Et pourquoi hésiterais-je ?

(Il met la clef dans la serrure.)

BRESSANE, à part.

Mon Dieu !

(La serrure résiste.)

CÉSAR FARNÈSE, à Amaury.

Tournez plus fort.

AMAURY, obéissant et lâchant aussitôt la clef.

Ah !

CÉSAR FARNÈSE.

Quoi donc ?

AMAURY.

Rien !

(Il ouvre l'armoire, il en retire deux flacons, en donne un à César Farnèse ; ils servent à boire chacun de son côté.)

BRESSANE, bas, à Tartaglia.

Va prévenir l'homme d'armes du danger que court le capitaine, moi je me charge de la duchesse.

TARTAGLIA, bas.

Pour ne pas éveiller des soupçons, je vais me faire mettre à la porte.

CÉSAR FARNÈSE.

Au roi d'Espagne !

AMAURY.

Au roi d'Espagne !

TOUS.

Au roi d'Espagne !...

TARTAGLIA, feignant l'ivresse.

Au roi d'Espagne !... j'en suis !... j'en suis !...

CÉSAR FARNÈSE, fronçant le sourcil.

Hein ?

TARTAGLIA.

Il a failli me faire pendre un jour... je lui rends le bien pour le mal... A sa santé !

CÉSAR FARNÈSE, aux convives, en riant.

Il est ivre. (A Tartaglia.) Allons, va-t'en, drôle.

TARTAGLIA.

Drôle !... Ah ! si fait, c'est drôle... je me disais bien !... (Riant.) Mais c'est très-drôle... nous avons tous pris Plaisance... et vous êtes duc, vous, et je ne suis rien, moi.

CÉSAR FARNÈSE.

Allons, va-t'en, imbécile.

BRESSANE, à Amaury.

Comme vous êtes pâle !

AMAURY.

Ce n'est rien !...

TARTAGLIA.

Strubino, monseigneur te commande de sortir... mais ne te fâche pas, mon garçon... une bête peut ressembler à un homme d'esprit... témoin moi...

CÉSAR FARNÈSE.

Ah !

TARTAGLIA, à César Farnèse.

Oui, moi... j'aime Bressane, par exemple, et elle me hait... vous adorez la duchesse, et elle ne peut pas vous souffrir.

CÉSAR FARNÈSE, le repoussant violemment.

T'en iras-tu ?

7.

TARTAGLIA, à part.

J'ai réussi !...

(De main en main on le jette à la porte.)

CÉSAR FARNÈSE, bas, à Strubino.

A ton poste, toi.

STRUBINO, bas.

L'ordre que vous m'avez donné est sérieux ?

CÉSAR FARNÈSE.

Tu en as douté ?

STRUBINO.

N'oubliez pas que c'est de la duchesse que je parle.

CÉSAR FARNÈSE.

Je n'oublie rien, obéis. (Ils se parlent bas.)

(Bressane a écouté cette petite scène.)

BRESSANE, à part et reculant.

Ma maîtresse aussi est en danger. (Bas, à Amaury.) Gagnez du temps, je vous sauverai tous deux.

AMAURY, bas.

Tous deux !

BRESSANE.

J'irai jusqu'à monseigneur Gonzague, s'il le faut... Du temps ! du temps !

(Elle sort. — Les convives se disposent à partir.)

PREMIER ROUTIER, à Amaury.

Capitaine, vous m'avez gagné tantôt deux cents thalers, je veux ma revanche.

CÉSAR FARNÈSE.

Non, non, je retiens le capitaine... nous avons de petites affaires à régler... (A Amaury.) N'est ce pas, capitaine ?...

AMAURY, au Routier.

C'est vrai, monsieur ; ce sera donc pour demain, si vous le permettez ?

PREMIER ROUTIER.

Soit; à demain.

CÉSAR FARNÈSE.

Au revoir, compagnons, au revoir.

(Tout le monde s'éloigne. — Des valets emportent les candélabres, et on laissent un seul à
trois branches sur la table à gauche. — Les rideaux se ferment.)

SCÈNE II

CÉSAR FARNÈSE, AMAURY.

AMAURY, à part.

Qu'a voulu dire Bressane?... n'importe, obéissons ! (Haut.)
Vous m'avez juré de ne faire retomber votre colère que sur
moi... en retour, je vous ai promis une obéissance aveugle...
je crois avoir tenu ma promesse?

CÉSAR FARNÈSE.

Vous n'êtes pas un ennemi vulgaire. Je tiendrai aussi ma
parole.

AMAURY.

Vous me le jurez de nouveau, monsieur le duc?

CÉSAR FARNÈSE.

Je vous le jure. Vous vous croyez donc quitte envers moi?

AMAURY.

Jugez-en : de la chaîne que vous portez au cou, vous avez,
tout à l'heure, nonchalamment détaché cette clef... que dis-je,
une clef?... un bijou... un chef-d'œuvre d'art. Vous me l'avez
confiée, cette clef; vous m'avez indiqué la porte qu'elle ouvrait; je l'ai glissée dans la serrure; et la clef, en tournant, m'a
fait une petite blessure à la main... j'ai cru qu'un serpent m'a-
vait mordu... j'ai poussé un cri... je vous ai vu sourire... j'ai
cru devoir sourire à mon tour... vous voyez que j'ai tout compris?

CÉSAR FARNÈSE.

Et qu'avez-vous compris?

AMAURY.

Presque rien : Cette clef est empoisonnée... Cette petite blessure, c'est la mort... — combien de temps ai-je à vivre?

CÉSAR FARNÈSE.

Trois heures.

AMAURY.

Souffrirai-je beaucoup?

CÉSAR FARNÈSE.

Très-peu. . presque pas.

AMAURY, s'inclinant.

Vous m'avez traité en ami. (A part, pendant que César remonte au fond pour s'assurer que tout le monde est parti.) Trois heures! je respire... ce temps suffira peut-être à Bressane (haut.) Causons, monsieur le duc, le voulez-vous?

CÉSAR FARNÈSE.

Causons!... (Amaury s'assied.) Nous sommes de grands comédiens, convenons-en.

AMAURY.

Parlez pour vous, monsieur.

CÉSAR FARNÈSE.

Vous avez l'air calme, j'ai l'air indifférent : comédie! vous êtes souriant, vous raillez; je souris à mon tour et je raille, comédie : qu'on arrache le masque à l'un de nous...à moi, par exemple... et l'on trouvera au-dessous, un cœur irrité, une âme ulcérée; sous le sourire, la rage; sous l'homme, le mari... le mari joué, trompé, berné, à qui l'on a volé son honneur, et qui se venge!

AMAURY.

Vengez-vous, mais ne mentez pas.

CÉSAR FARNÈSE.

Votre masque tombera à son tour : et que verra-t-on alors?
On verra un pauvre être chétif, effaré, pâle, tremblant,
mais encore debout dans son orgueil... épiant sa pâleur et ses
défaillances pour ne pas faire rire son ennemi... se drapant
pour mourir, parce qu'il est en face d'un vainqueur... se roi-
dissant contre la nature parce qu'il est aux pieds de son rival!... on verra sa tête se perdre, son front blêmir, ses genoux
plier!...

AMAURY, froidement.

Les hommes comme moi ne tremblent pas.

CÉSAR FARNÈSE.

On l'entendra crier miséricorde et merci!

AMAURY, de même.

Les hommes comme moi ne supplient pas.

CÉSAR FARNÈSE.

On le verra à mes pieds.

AMAURY, de même et se levant.

Les hommes comme moi ne plient pas!

CÉSAR FARNÈSE.

C'est possible.—Mais quand un homme comme moi se venge,
il va chercher sa vengeance dans les dernières fibres du cœur,
dans les plus secrètes pulsations de l'âme.

AMAURY.

Faites.

CÉSAR FARNÈSE.

Vous m'avez soupçonné d'avoir fait étrangler Donato Sanvitalli?

AMAURY.

Au moment de paraître devant Dieu, je vous dois la vérité :
je ne vous soupçonne pas, je vous accuse.

LES AVENTURIERS

CÉSAR FARNÈSE.

Vous accusez un innocent ; voyez !

(Il lui présente deux parchemins.)

AMAURY.

Qu'est-ce que cela ?

CÉSAR FARNÈSE, montrant un parchemin.

Le procès-verbal de la mort de Donato...—Toutes les formalités ont été remplies. (Montrant l'autre.) Ceci, c'est la déclaration de mon aumônier,— un saint homme,— et celle de mes deux médecins... Ils déclarent que Donato Sanvitalli est mort naturellement et qu'il n'emportait aucune valeur avec lui.

AMAURY.

J'ai les preuves du contraire.

CÉSAR FARNÈSE.

Des preuves?... Mais vous les jetterez au feu, capitaine. — Vous allez certifier, et cela sous le sceau du serment, que cette déclaration n'a été obtenue ni par la violence ni par la peur, et qu'elle est l'exacte vérité.

AMAURY.

Moi ?

CÉSAR FARNÈSE.

Vous !

AMAURY.

Moi, le protégé et l'ami du gouverneur, dont tu as tué le parent, je me ferai ton complice pour le tromper...

CÉSAR FARNÈSE.

Votre serment n'en aura plus que d'autorité.

AMAURY.

Moi, le lieutenant de Philippe IV, je me ferai ton complice pour le trahir !

CÉSAR FARNÈSE.

Au moment de mourir, on ne ment pas : vous ajouterez cette phrase à l'adresse de votre roi, il vous croira !...

AMAURY.

Vous êtes ridicule à force d'audace et de cynisme !

CÉSAR FARNÈSE.

Allons, écrivez !

AMAURY.

Jamais !

CÉSAR FARNÈSE.

Jamais ?

AMAURY.

Il en doute !

CÉSAR FARNÈSE, écartant les rideaux du fond.

Peut-être !... De là, vous devez voir la tour du palais. Un homme est caché derrière l'une des meurtrières et regarde ce qui se passe ici.

AMAURY.

Eh bien ?...

CÉSAR FARNÈSE.

La duchesse est enfermée dans cette tour, et l'homme se nomme Strubino. Il n'attend qu'un signal pour exécuter mes ordres.

AMAURY, tressaillant.

Un signal ?...

CÉSAR FARNÈSE.

Ce flambeau posé dans cette treille serait un arrêt de mor

AMAURY.

Vous ne ferez pas cela !

CÉSAR FARNÈSE.

Éteint, la duchesse est libre !

AMAURY.

Mais elle est innocente... Vous l'épargnerez, j'ai votre serment !

CÉSAR FARNÈSE.

Les serments sont comme les mauvaises dettes... si on les payait, où serait le mérite d'en faire ?

AMAURY.

Ah ! mon Dieu ! mon Dieu !

CÉSAR FARNÈSE, froidement.

Donc, vous écrirez... et vous ajouterez que vous n'avez jamais eu d'amour pour Jeanne... que vous ne l'avez recherchée que par ambition... Jamais d'amour, entendez-vous ?...

AMAURY.

Mais c'est l'enfer que cet homme !

CÉSAR FARNÈSE.

Vous n'avez plus que vingt minutes à vivre ; dépêchons.

AMAURY.

Jamais ! jamais !

CÉSAR FARNÈSE, prenant le flambeau.

Soit !... Vous l'aurez condamnée !

AMAURY.

Oui, qu'elle meure !... Elle ne doutera pas de mon amour, au moins... Qu'elle meure ! qu'elle meure !...

CÉSAR FARNÈSE, s'arrêtant.

Vous pouvez encore la sauver.

AMAURY.

Non !

(César Farnèse se rapproche du fond.)

CÉSAR FARNÈSE, s'arrêtant.

Je n'ai plus qu'un pas à faire... Réfléchissez.

AMAURY, tombant à ses pieds.

Oh ! grâce ! grâce !

CÉSAR FARNÈSE, posant le flambeau sur la table.

Parbleu !... mon gentilhomme, je ne demande pas mieux ; écrivez (Amaury se relève et obéit. — César Farnèse, prenant le parchemin où

Amaury vient d'écrire et le parcourant des yeux ; avec satisfaction.) C'est cela...

(Le Duc, après avoir lu, éteint les bougies ; Amaury suit de l'œil et avec anxiété ce dernier mouvement.)

AMAURY, à part.

Elle est sauvée !..

CÉSAR FARNÈSE, liant le papier.

Je suis un habile tourmenteur, n'est-il pas vrai ?... Ah ! c'est que je connais le cœur humain, moi... Je sais surtout qu'une femme oublie tôt ou tard, quand l'homme qu'elle aime s'avoue misérable et lâche...

AMAURY, à part.

Oh !

CÉSAR FARNÈSE.

Et elle vous oubliera...

AMAURY, à part.

M'oublier ?...

CÉSAR FARNÈSE.

Une femme qui oublie peut encore aimer, et elle aimera !

AMAURY.

Rendez-moi ce parchemin, rendez-le-moi.

FARNÈSE, le repoussant.

Tu comprends enfin ma vengeance. (Amaury tombe.) Maintenant, tu peux mourir !...

(Il sort.)

SCÈNE III

AMAURY, puis JEANNE.

AMAURY, se redressant.

Ah !... ce n'est pas le poison qui me torture, c'est

soupçon qu'il m'a jeté!... Oh! le misérable!... et Jeanne m'ou-
blierait!... et Jeanne pourrait un jour aimer cet homme!...
Ah! mon Dieu, mon Dieu!...

(Il retombe sur le fauteuil. — Jeanne entre, elle regarde à droite et à gauche pour
s'assurer qu'elle n'est pas suivie.)

JEANNE, à Amaury, à voix basse.

Amaury!... Amaury!...

AMAURY, très-affaibli et se soutenant à peine.

Jeanne! ah! c'est Dieu qui t'envoie!

JEANNE.

Bressane a prévenu le gouverneur, les Espagnols marchent
sur Plaisance... Grâce à la confusion qui règne dans le palais,
vous pourrez fuir... venez... venez!.,

AMAURY.

Je ne mourrai pas du moins en doutant de ton amour!...

JEANNE.

Mourir!

AMAURY.

Eh! qu'importe la mort, si tu fais de ma dernière heure
une heure heureuse et enviée!

JEANNE, criant.

Du secours! du secours!

AMAURY, la retenant.

Non, reste!... il est trop tard, d'ailleurs.

JEANNE.

Ah! mon Dieu!

AMAURY, la retenant.

Reste!... je veux mourir à tes pieds... je ne veux emporter que ton image à ma dernière heure!... Je ne t'ai jamais
accusée, pauvre cher ange, je t'aimais trop pour cela!... Reste!
reste!.. (Lui envoyant un baiser.) Je t'aime!

(Il retombe sans mouvement.)

JEANNE, désespérée.

Ah !... ils l'ont tué, les misérables !... Du secours'... du se-cours !... les mains glacées !... le souffle éteint !... (Se levant.) Mais on ne va pas le laisser mourir ainsi'... du secours !... du secours ! (Se tordant les bras.) Insensée, du secours contre la mort dans la maison d'un Farnèse !... (Tombant à genoux.) Oh ! mon Dieu !

(Elle sanglote, la tête cachée dans ses mains. — En ce moment l'Homme d'armes paraît suivi de deux Hommes. Les deux Hommes attendent au fond de la treille. L'Homme d'armes va à Amaury, lui pose la main sur le cœur, puis se relève, toujours impassible et impénétrable.)

SCÈNE IV

LES MÊMES, L'HOMME D'ARMES.

L'HOMME D'ARMES, aux deux hommes, montrant Amaury.

Aux ruines du couvent de la Trebbia... dans les caveaux de Santalli. (A Jeanne) Priez, madame, priez Dieu !

(Jeanne s'agenouille, le rideau tombe.)

FIN DU QUATRIÈME ACTE

ACTE CINQUIÈME

Les ruines de la Trebbia. — A droite, la porte de bronze des caveaux de San-talli ; elle est intacte, mais enchâssée entre des piliers de pierre en ruine. — A gauche, dans le roc, sept ou huit degrés d'un immense escalier, conduisant à une sorte de galerie avec des débris d'arcades ouvertes sur la campagne. — Des morts et des blessés ; des haches, des épées, des mousquets. — Il fait nuit, la lune monte à l'horizon.

SCÈNE PREMIÈRE

L'Homme d'armes, Soldats, STRUBINO, POGGIO, Premier et Deuxième Routiers.

(L'Homme d'armes et les deux Soldats sortent du caveau; les Soldats ont leurs mousquets. Strubino évanoui est étendu tout près du caveau ; Poggio et les deux Routiers sont blessés mortellement.)

L'HOMME D'ARMES, sortant du caveau.

Je n'aurais pas cru qu'on se serait battu jusqu'ici. (Regardant autour de lui.) Et la bataille a été terrible !... (Aux Soldats qui sortent du caveau et qui veulent refermer la porte.) Non, ne fermez pas... si courte que soit notre absence, le manque d'air serait fatal à Amaury. (Réfléchissant.) Voyons, que faire ?

STRUBINO, s'accoudant avec un rire sardonique.

Ils me croient à ce point dans l'autre monde qu'ils se sont raconté leurs secrets tout haut devant moi.

L'HOMME D'ARMES.

Oui c'est cela ! (Apercevant César Farnèse qui paraît au loin.) César Far-nèse !... tu viens de toi-même au-devant de ton châtiment.

(Il fait signe aux Hommes de le suivre et sort.)

STRUBINO, voulant en vain se relever.

Non, je ne suis pas mort, mais je n'en vaux guère mieux.

(Il retombe évanoui. — César Farnèse est pâle, et dé-ordre, un tronçon d'épée à la main il traverse la cour extérieure, et revient par une espèce de galerie en cherchant son chemin à travers les morts; à son approche, Poggio, et les deux Routiers se redressent lentement.)

POGGIO, l'arrêtant.

Regarde ces hommes qui se sont tous fait tuer pour toi... regarde-les, ambitieux!... Tu n'as même pas un regret de leur mort... Dans leur sang, tu marches sans frémir!... Sois maudit!...

(Il retombe et meurt. César Farnèse continue son chemin.)

PREMIER ROUTIER, lui saisissant le bras.

Arrête!... j'ai eu la folie de croire à la fortune d'un fou; Dieu me punit...mais il t'a frappé aussi... Tu es brisé dans ton audace... tu es vaincu dans ton orgueil!... Ambitieux, regarde mon sang, et sois maudit!...

(Il retombe et meurt. — César Farnèse continue son chemin.)

DEUXIÈME ROUTIER, se redressant.

Sois maudit! sois maudit!..

(Il retombe et meurt. — César Farnèse continue son chemin avec une terreur croissante et va s'asseoir sur les degrés de l'escalier.)

CÉSAR FARNÈSE.

Je marche depuis une heure à travers ces imprécations! Les soldats maudissent leur chef maintenant!... ils se plaignent!... Ils ne perdent que la vie pourtant; moi je perds un empire et je me tais! (Repoussant du pied un poignard.) Des armes partout, mais pas d'hommes!... (s'asseyant.) Vaincu! vaincu!

STRUBINO, se redressant peu à peu.

C'est vous, monseigneur... le diable m'emporte, je ne croyais plus vous revoir! (se soutenant au rocher.) Je ne fais pas retomber mes imprécations sur vous... mais bien sur cet imbécile qui m'a terrassé d'un coup de crosse de mousquet... Je suis resté là évanoui comme un sot. (Regardant autour de lui, à part.) Belle chose qu'un champ de bataille quand nos amis n'en font pas les

frais!... — Mais Amaury est là : vivant, si cette porte reste
ouverte, mort, si cette porte de bronze se referme!... Tu as
été la cause de notre ruine, Amaury, à chacun son tour...

(Il ferme la porte et retire la clef.)

CÉSAR FARNÈSE, à lui-même.

Vaincu! Vaincu!...

STRUBINO, allant à lui.

Dame, nous ne pouvons pas nous le dissimuler... en attendant, prenez cette clef... Amaury a été transporté dans ce
caveau... il est vivant... l'homme d'armes a combattu le poison... Mais il faudrait dix heures pour desceller cette porte de
bronze, et c'est un homme mort avant ce temps... Tenez,
prenez!... (Il lui met la clef dans la main, César Farnèse ne bouge pas.) Vous
avez l'air découragé, maître?... Votre tête et votre épée vous
restent, vive Dieu!... Elles vous ont servi à ébranler l'Italie,
elles suffiront encore pour tenir vos ennemis en échec?... (A
part.) Rien... (Secouant la tête.) Mauvais signe!... (Haut.) Allons, venez
maître, vous serez un chef de bande en attendant mieux ; venez, venez!... Vous ne voulez même pas vous défendre?...
Non?... (A part, après un moment de silence.) Décidément, c'est un
homme fini!... Allons, assez de dévouement : ma peau vaut
encore quelque chose, je vais la vendre à un autre!...

(Il se sauve.)

CÉSAR FARNÈSE, à part.

Vaincu! vaincu!...

SCÈNE II

CÉSAR FARNÈSE, JEANNE.

JEANNE, venant du fond.

Voici les caveaux de Santalli. (Apercevant César Farnèse). César
Farnèse!... Que fait-il ici?... (Elle se dirige vers la porte et voit l'Homme
d'armes qui s'avance.) L'homme d'armes!... Ah!...

(Elle se cache au fond.)

SCÈNE III

CESAR FARNÈSE, L'Homme d'armes, JEANNE, dans
le fond.

L'HOMME D'ARMES.

L'heure de l'expiation est venue, César Farnèse.

CÉSAR FARNÉSE, se levant.

Encore lui!...

L'HOMME D'ARMES.

Ou plutôt, tu vas te juger toi-même. Tu peux encore être pardonné, rends-moi cette clef?...

CÉSAR FARNÉSE, montrant le caveau.

L'homme qui a été la fatalité de ma vie est là, qu'il y reste!...

L'HOMME D'ARMES.

C'est ton frère!

CÉSAR FARNÉSE.

Non, c'est un mort qui sortirait de son tombeau, et que j'y ferais rentrer à coups d'épée!...

L'HOMME D'ARMES.

La main de Dieu s'étend déjà pour te frapper. Écoute. Tu vas te condamner ou t'absoudre toi-même : Ouvre cette porte et dis à ton frère : « Frère, tu es libre!... » Et tu auras désarmé la colère de Dieu!...

CÉSAR FARNÉSE.

Non!

L'HOMME D'ARMES.

Ouvre cette porte, c'est au nom de ton salut que je t'en prie?...

CÉSAR FARNÈSE.

Cette route conduit au camp du gouverneur... il a mis ma tête à prix, j'irais la lui porter, plutôt!...

L'HOMME D'ARMES.

Dieu te frapperait d'abord...

CÉSAR FARNÈSE.

Les Farnèse ne connaissent ni la peur, ni le remords. (Montrant l'escalier.) Derrière ce mur il y a un abîme... Pour mettre une barrière éternelle entre le repentir et moi, je confierai à l'abîme cette clef, et je ferai du gouffre mon complice...

JEANNE, à part.

Oh!

L'HOMME D'ARMES.

La justice de Dieu est partout!...

CÉSAR FARNÈSE.

On n'effraye pas les Titans, on les foudroie, et que Dieu me foudroie s'il veut!...

(Il se dirige vers l'escalier.)

L'HOMME D'ARMES.

Va donc!...

JEANNE, se jetant au-devant de lui.

Ah!... Grâce! grâce!...

CÉSAR FARNÈSE.

Vous deviez être là, madame!

JEANNE.

C'est votre frère!... Je suis innocente!... au nom du ciel, écoutez!... Ce serait un crime horrible, monsieur, et sans raison!...

CÉSAR FARNÈSE, se penchant vers elle.

N'est-il pas mon rival?...

JEANNE.

Grâce, grâce, grâce!

CÉSAR FARNÈSE.

Ce sont tes larmes qui le condamnent, c'est ta prière qui le tue!... (La relevant brusquement.) Allons, debout!...

L'HOMME D'ARMES, à part.

Il l'a voulu!...

(César Farnèse se dirige vers l'escalier.)

JEANNE, l'arrêtant.

Vous ne passerez pas... vous ne passerez pas!

CÉSAR FARNÈSE.

Madame!...

JEANNE.

Oh! vous êtes bien l'abominable tyran que l'Italie exècre!... Vos meurtres passés ne vous suffisent pas, vous voulez y joindre le fratricide!... Mais vous auriez les deux mers pour laver vos crimes, que la tache fatale reparaîtrait, la tache indélébile que le sang versé vous laisse au front!... Vous ne passerez pas, vous dis-je, vous ne passerez pas!

CÉSAR FARNÈSE, la prenant par le bras et la repoussant violemment.

Allons!... place! place!...

JEANNE, allant tomber à genoux du côté opposé.

Ah! c'est fini!..

L'HOMME D'ARMES, à César Farnèse.

Le sang provoque le sang, le meurtre attire le meurtre, ne l'oublie pas!...

CÉSAR FARNÈSE, posant le pied sur le premier degré de l'escalier.

Bien!...

L'HOMME D'ARMES.

Tu as comblé la mesure de tes crimes!...

CÉSAR FARNÈSE, montant.

Crime ou vertu, qu'importe!...

JEANNE, les mains levées vers le ciel.

Seigneur!...

L'HOMME D'ARMES, à César Farnèse.

Impie, Dieu t'écoute!

CÉSAR FARNÈSE, montant.

Dieu est sourd!

JEANNE, de même.

Seigneur! Seigneur!

L'HOMME D'ARMES.

Athée, Dieu te frappe!...

CÉSAR FARNÈSE, du haut de l'escalier.

Je le brave!... (Il étend le bras pour jeter la clef; un coup de feu part : Farnèse, frappé en pleine poitrine, roule du haut de l'escalier en essayant de se retenir à la rampe de pierre et aux degrés. — Lâchant la clef.) Ah! ils m'ont assassiné!... A moi!... à moi!... à moi!...

(Jeanne épouvantée détourne la tête et la cache dans ses deux mains. — L'Homme d'armes ramasse la clef et se dirige vers le caveau.)

JEANNE, le suivant des yeux; à part.

Arrivera-t-il à temps?...

JEANNE, se relevant lentement et regardant du côté du caveau; avec joie.

Amaury!... Ah! il vit!

CÉSAR FARNÈSE, à part.

Elle sourit à son amant, même devant mon agonie!...

JEANNE, à part.

Il approche!...

CÉSAR FARNÈSE, à part.

Et je ne me vengerai pas!... et je mourrai seul!

JEANNE, de même.

Le voilà!

CÉSAR FARNÈSE, à part.

Ah! une arme!

(Il ramasse un poignard.)

JEANNE, de même.

Le voilà! le voilà!...

(Amary sort du caveau appuyé sur l'Homme d'armes.)

SCÈNE IV

Les Précédents, AMAURY.

CÉSAR FARNÈSE, se traînant vers Jeanne, armé de son poignard; à part.

Me voilà aussi!

JEANNE, allant à Amaury comme pour le soutenir.

Amaury! Amaury!...

CÉSAR FARNÈSE, levant son poignard.

Meurs, adultère, meurs!...

AMAURY, repoussant César Farnèse en se jetant entre Jeanne et lui.

Ah! (Se plaçant devant Jeanne.) Moi d'abord!

CÉSAR FARNÈSE, furieux.

Eh bien! elle et toi, toi et elle!... (Il va pour frapper Amaury, mais ses forces le trahissent. — Chancelant.) C'est fini! ils ont tué ma vengeance!...

(Il se soutient à l'escalier.)

L'HOMME D'ARMES, à Amaury.

Pardonne-lui... c'est ton frère...

AMAURY.

Mon frère!

L'HOMME D'ARMES.

Voici tes titres et l'anneau des Farnèse que Marianne avait fait ensevelir avec elle. Tu as accompli ta vingt-cinquième année, tu peux les prendre.

(Amaury va se mettre à genoux devant Farnèse.)

AMAURY.

Pardonnez-moi, mon frère?...

CÉSAR FARNÈSE, se soutenant à l'escalier.

Non!...

AMAURY.

La fatalité nous fit ennemis... Oh! par pitié, pardonnez-moi?

CÉSAR FARNÈSE.

Non!

AMAURY.

Au nom de notre pauvre père?...

CÉSAR FARNÈSE.

Puisque tu es du sang des Farnèse, tu dois savoir que les Farnèse ne se démentent jamais! (Il poussant Amaury qui tend vers lui ses mains suppliantes.) Allons, laissez-moi mourir!... seul!... loin d'ici!... loin de vous!... laissez!... laissez!... (Riant.) Ah! ah! ah!... un frère!... Dieu!... le pardon!... ah! ah! ah!... Le néant! le néant! le néant!...

JEANNE.

Prions, prions pour lui!

L'HOMME D'ARMES, s'agenouillant.

Prions!

FIN

PARIS. — IMPRIMERIE DE ÉDOUARD BLOT, 46, RUE SAINT-LOUIS.